U0063175

商诚

周济谱 著

中国盲文出版社

图书在版编目(CIP)数据

商诚/周济谱著.－北京：中国盲文出版社，2007.8
ISBN 978-7-5002-2557-7

Ⅰ.商… Ⅱ.周… Ⅲ.商业经营-通俗读物 Ⅳ.F715-49

中国版本图书馆CIP数据核字(2007)第113694号

商　诚

著　　者：周济谱
出版发行：中国盲文出版社
社　　址：北京市丰台区卢沟桥城内街39号
邮政编码：100072
电　　话：(010) 83895215　83896965
印　　刷：北京文海彩艺印刷有限公司
经　　销：新华书店
开　　本：700×1000　1/16
字　　数：172千字
印　　张：16
版　　次：2007年8月第1版　2007年8月第1次印刷
书　　号：ISBN 978-7-5002-2557-7/F·76
定　　价：24.00元

自序

本人绰号是"华夏老人"(博客http://blog.sina.com.cn/
zhoujipu),吉林省四平市人。出生在新中国,成长在红旗
下,经历上山下乡,所谓"根正苗红"的知青一代。先后
供职于房地产、商业、金融、证券、投资等领域,亲身
经历了中国经济从计划经济向市场经济过渡的全过程。
曾担任东北华联集团总裁、万通实业集团副总裁、中国
华诚集团副总裁、中经信投资有限公司董事长、华夏证
券公司董事长兼党委书记等职。尽管多年的从业经历磨
砺出了良好的大局意识和决策能力,有文字记载的近百
次企业重大经营决策少有疏漏,且都能交出令人满意的
业绩答卷。但往往过于注重生产力指标,以及在国企改
革改制过程中经常干些精简机构和人员等"不得人心"
但又"不得不做"的事情,再加上自己"外方内圆"
的性格缺陷,曾有幸被国企现行的评价体系所"不理
解",饱尝了国企评价体系特产的"苦涩豆"的滋味,
"职业生涯"也是几起几落。但是,大浪淘沙之后那特
殊年代锻就的坚毅品格,注定了自己无法放弃理想,于
是继续"长征",现任职北京城乡建设集团董事长、党
委书记,从金融、证券第三产业,转回到建筑安装、房
地产行业。

自认志大才疏,心雄手拙,但绝不惰于思考,
在企业管理上有自己独到的见解,主持发明并获得国
家专利的"电子化用印管理装置及方法"(专利号:
200410045341.7)曾掀起了金融系统办公室里的管理革
命。因不甘在喧嚣中寂寞或逃离,也自知文化功底浅

薄，于是找了副眼镜戴上，以装门面。时而拿起笔来疯狂，把自己的性情和风格化作文字。曾撰写管理方面专著《一家之说》（上下册），文学专集《失落的岁月》；在各类报刊、杂志上发表过多篇关于中国企业改革方面颇有争议的文章。这些文章以特定的视角和思维方式对抗喧嚣混乱的社会，揭示人们的内心，拷问人们的灵魂，维护、构建属于自己的生存空间和心灵世界，聊以自慰。由于性情的"原生态"，缺少内敛儒雅，字里行间不免有刀劈斧砍、颠覆传统的另类味道，一不小心充当了"旗手"和"敲钟人"，成为媒体关注的新闻焦点和北京市企业界"有争议"的人物。如今，到了知命之年才明白一个朴素的道理："木秀于林，风必摧之；堆出于岸，流必湍之；行高于人，众必非之。"

"世事洞明皆学问，人情练达即文章。" 遂工作之余将若干年来经营国有、民营、股份制上市公司等企业的切身体验，闲赋成近百篇"豆腐块"文章，以调侃之风展周公"貌武实文"之秉性，一则总结多年来处事之得失，以及从业的点滴体会和省悟，作为自己追求和奋斗大半生的小结；二则以书会友，拜请各界有识之士，指点切磋。文章不讲章法，但求有"滋"有"味"。现将部分"土豆"、"白菜"整理收编，烹制一席"乱炖"大餐，捧献给亲朋好友及社会各界人士，"火候"不到之处还望海涵。

周济谱
2007年7月于北京

序

　　商海诡谲，暗礁丛生，市场经济的大潮激荡着每一位扬帆出海的中国商人。特别是在计划经济向市场经济过渡的转型期，人们的左脚还站在计划经济泥潭里，右脚却已经踏上市场经济的快车道。观念的更新、角色的转换经常使人猝不及防。企业决策者们，经常遇到新情况、新问题，常常迫不得已在无法预测结果的情况下做出重大抉择，稍有不慎就有可能失足落水，甚至辛苦累积的声望与财富也随之毁于一旦。如何应对变幻莫测的商海浪潮，既保证自己的事业安全，同时又小有一番成就，已成为商界人士广为关注的课题。

　　本书作者周公亲身经历了这个"摸着石头过河"的过程，先后在国内多家知名企业履职。曾任东北地区最早的上市公司之一——东北华联集团总裁；国内民营企业的典型代表——万通实业集团副总裁，亲身经历并目睹了我与冯仑、潘石屹等6名合伙人的"裂变"。也曾任经历了"大起大落、大喜大悲"的中直企业——中国华诚集团副总裁；还曾任职一提起名字，就让人联想到"327"国债、银广厦、东方电子等事件的中经信投资有限公司董事长；以及因斥资5.8亿元收购乌克兰航空母舰而轰动一时、中国最早的三大券商之一，却最终挥泪谢幕的证券大鳄——华夏证券股份有限公司董事长、党委书记。个中辛酸，唯他自明。难能可贵的是，周公

从来没有停止对现实的追问和求索，他从自身的经历去总结教训，从他人的成败来看待得失，不断地寻求中国商人所遵循的规则与秘密，于是就有了我们眼前的这本《商诫》。

在"不要用民主测评的方式考核你的下属"一节中，周公通过自己多年在国企从业的经历发现，在企业已经逐步走向市场，国企领导已由计划经济时代的"亦官亦商"转变为受聘于董事会的国有资产经营者，公司职工由原先的"企业主人翁"变为企业雇员的时候，国有企业却依然沿用政府机关那套"民主测评"的方法来考核国企领导。甲乙双方签订目标责任书却由丙方来做出评判，这样的企业领导考核制度，不仅违背现代公司法的基本原理，而且更为严重的是，造成了企业领导不得不牺牲企业利益来平衡本来就不强的执行力，使得"更多的国有企业亏损和衰落的不可避免"。在"收集自己无罪的证据"一节中，周公一改主流思想所宣扬的清正廉洁、反腐倡廉的提法，而是告诫商人，作为商人要合法经营，但是在中国司法制度还不十分完善、市场经济制度还不是很成熟的环境下，商人要时刻具有"原罪"意识，注意收集和积累自己无罪的证据。只要看看被人揭出陈年老账的黄光裕，沦为阶下囚的顾雏军，风光不在的褚时健，周公的苦心提醒就不难理解了。一方面商人在新兴的市场机遇中恰逢其时，另一方面又在不透明、不规范的转型期动辄得咎，对复杂多变的现实没有点如履薄冰、战战兢兢的危机意识，等不及国家司法体系的健全完善你就已经成了现代版的岳飞，"莫须有"的罪名会再次发挥它的历史作用。

一条条诫语的背后，一个个辛酸的故事，都饱含着周公锐利的眼光与理性的思考。这是对风云30年商海浮沉经验的总结，也是对继往开来正在参与体制变革后来者的告诫。而这些告诫中，不管是慎用民主测评制度，还是收集自己无罪的证据或其他方面的提醒，都不约而同地指向了同一个目标——获取最大的利润。商人的目的是获取最大的利润，要达到这一目的就得遵循商海的游戏规则，而对规则的遵守则是对从商风险的有效控制。这一简单的逻辑贯穿着全篇。

在这本看似篇章零散、相互独立的著作中，周公不断提醒我们，从商途中有种种的风险，这些风险可能来自尚不完善的市场环境，可能来自缺乏诚信的人际关系，可能来自商人自身的思想意识，但不管是什么样的风险，都有可能成为商人的"阿喀琉斯的脚后跟"。没有对这些风险的清醒认识，没有对已知风险的有效控制，那么，一个个倒下去的风光人物可能就是我们的"时代楷模"。周公在风险控制这方面则是卓有成效的。在他担任华夏证券董事长期间，由他主持发明并获得国家专利的"电子化用印管理装置及方法"，引起了全国金融系统办公室里的一场革命，它把华夏证券在全国各地的上百家分支机构的印章，都纳入到了风险控制的范畴，他的专利发明潜移默化地影响着全国金融系统的风险管理。

可以说，《商诚》蕴含了周公多年来的经商心得，"留好最后一张牌"、"学会用打高尔夫的心态

经商"等皆取材于实际,有着很强的共鸣效应和实用价值。文中穿插各类小故事,以平实朴素、轻松幽默的语言,巧妙地将当今商界的一些"潜规则"刻画得惟妙惟肖。书中的诚语变灌输为启发渗透,不摆居高临下教育者的姿态,而如同老友间的闲侃,嬉笑怒骂皆成文章,又很像一锅东北"乱炖",经济实惠,回味悠长。

王功权

2007年7月于北京

序者为原万通实业集团总裁,现为国际著名投资银行家,鼎晖创业投资基金合伙人。

目 录

当身边的人或有贵人提携，平步青云，或广结人脉，左右逢源，或朋友众多，一呼百应，或看似默默无闻，事业却风生云起的时候，你可曾想过究竟是什么决定了他们的成功。"为人"是商人的必修课。

孔夫子曾说，"君子敏于事而慎于言，就有道而正焉"。人生如戏，在商场中，如何把握行事分寸，不愠不火、游刃有余？如何任凭风云变幻，始终立于不败之地？从商必须"慎思之，明辨之，笃行之"。

自古明君不乏忠臣良将。慧眼识珠、知人善任是领导们追求的境界。然而，当能力品德不能兼得时，应当如何取舍？当理性遭遇人情时，又要何去何从？当功过面临奖罚时，如何臣服众人？取决于你的用人艺术。

"非淡泊无以明志，非宁静无以致远。"古今中外，修身一直被视为成就事业的根本。商人也要修炼自己的秉性，怀揣一颗平常心，面临危局不慌乱，身处顺境知忧患，学会激流勇退，拒绝诱惑，诚信为人，外圆内方，特别是要懂得保护自己。

经商需用智，善谋方应市。商人赚钱靠的是头脑，会审时度势，把握局势。这种把握包括对市场的判断、对合作伙伴的选择、对项目风险的有效控制等等方面，同时还必须懂得如何定位方向，如何选准目标，如何抵制诱惑。

第一部分

当身边的人或有贵人提携，平步青云；

或广结人脉，左右逢源；

或朋友众多，一呼百应；

或看似默默无闻，事业却风生云起的时候，

你可曾想过究竟是什么决定了他们的成功？

"为人"是商人的必修课。

不要著书立说，
星星不能比月亮更亮

尽管星星都有光明，却不能比月亮更亮。因为群星再怎么闪耀，也不如一月朗天。

这是个浮躁、虚荣、功利的时代，许多人都想表演、展示、慨叹和宣泄。但是，作为商人，你的任务就是合法赚钱，任何血脉贲张、呼号呐喊、频出风头的举动都是不可取的。

◎商人手中拿的应该是计算器，而不应该是笔。你的笔很可能变成伤及别人和自己的"枪"

如果你实在按捺不住经商的"寂寞"，非要抒泄一下胸臆的话，你就写一点什么"我的初恋"呀，"太阳亮、月亮圆"之类的休闲文字和怡情文章。这既可以陶冶你已被铜臭味儿熏陶了的情操，又唱和了领导的风雅。但与此同时你要时刻提醒自己摆正位置，千万不要写批评时政的文章。记住：你不是学者，你的身份是商人，你的要务是经商而不是育人。

有的商人听不进劝告，非要在大众面前展示自己的"儒商风采"。有些人文章里的观点和言论，烙着深深的个人印记，甚至字里行间不免有批判性的、向当权者挑衅的内容。你可能认为这没什么，文字狱的时代已经过去了。你错了！你的上司虽然不会在文字里面找你的错，但你的文字确实会给他们带来不悦，他们会认为你的文章有影射和误导的倾向。所以中国商人（特别是国企商人），尽可能不要著书立说，更不要写批评时政的文章，以免招来不必要的麻烦。

其实，我在告诫别人的同时，自己却在食言，已经出版了几本滥书，且一发而不可收。就让我给大家做一个反面教材吧！

【木秀于林，风必摧之】

◎不要显得比上司高明

多数领导总是愿意显示出在处理一切重大事情上都比其他人高明，所以你要明白，自以为是的高明总是讨人嫌的，也特别容易招惹同僚和上司的嫉妒。因为大多数人对于在运气上被人超过并不太介意，却没有一个人（尤其是领导人）喜欢在智力和能力上被别人超过，而你时常流露出的"聪明"和"创意"会让别人产生不悦。因此，对寻常的优点不必过于掩盖，而在智力上绝对不要哗众取宠，刺激你的上司，因为智力是人格特征的"广告牌"，是上司最大的面子，冒犯了它无异于犯下"弥天大罪"。

三国时期，曹操的谋士杨修是个聪明绝顶的人。有一年，工匠们为曹操建造相府的大门，当门框做好，正准备做门顶的椽子时，恰好曹操走出来观看。曹操看完后在门框上写了一个"活"字，便扬长而去。杨修见状，立即叫工匠们拆掉重做，并说："丞相在门框上写个活字，意思是'门'中有'活'即'阔'字，就是说门做得太窄小了，要'阔'大。" 杨修的确够聪明，竟然能够从一个字揣摩出曹操的心里所想，但他的聪明，也招致了曹操的嫉恨。

建安二十四年，曹操与刘备争夺汉中，屡遭失败。曹军不知道是进还是退，曹操便以"鸡肋"二字为夜间口令，将士们都不解其意，只有杨修明白："鸡肋就是吃起来没什么味道，丢掉又觉得可惜，丞相的意思是要撤兵啊！"他便私下告诉大家收拾行装，随时准备撤兵。没多久，曹操果然下令撤军了。当曹操知道杨修事先把机密告诉大家时，终于找到借口，以"泄漏机密，私通诸侯"的罪名，将杨修杀掉。

聪明的商人不应该让同行感到威胁，更不能让你的上司感到你比他强，而使他随时有被你取代的危机感。如果你想向上司提出忠告，你应该显得你只是在提醒他某种他本来就知道不过偶然忘掉的东西，而不是某种要靠你解疑释惑才能明白的道理。如果你把握不好这个度，国企商人可能导致自己的"再就业"，民企商人会发现企业的经营活动，经常遭到莫名其妙的"骚扰"。

◎木秀于林，风必摧之

虽然当今不会再出现历史上草菅人命的暴君，但刚愎自用、妒贤嫉能之人却大有人在。有的人整日忧心忡忡，或害怕别人能力比他强，或担心别人运气比他好。面对纷繁复杂的商品经济社会，商人（尤其是国企商人）要在主管机关面前示弱，在你的上司面前示弱，尽量保持低调，千万不要逞强，是星星就不能比月亮更亮。这种避芒藏锋的作法是一种自我保护，决不是窝囊；相反，爱出风头的性格必定会给自己带来伤害。所以，聪明的商人要经常反省自己的性格缺陷，虽然性格不能百分之百决定一个人的命运，但至少会影响一个人的命运。

总体来说，南方商人与北方商人的一个重要区别，就在于南方商人低调，北方商人高调；南方商人重利益，北方商人更看重面子。许多南方的老板，企业发展很快，规模庞大，在业内享有盛名，但老板很少出现在公众视野之中，也从不接受任何媒体的采访。公司的宣传资料上没有老板的介绍和图片，甚至在行业内部也鲜有其声音和踪迹。外界只知道企业的名字，却很少有人知道老板的姓名。相比之下，北方的老板多爱出风头，对个人的面子看得很重。喜欢抛头露面的北方老板，往往个人的知名度比企业名声还响亮，今天接受报纸采访大谈年内要达到什么目标，明天做客电视台信誓旦旦要进军×××强，还美其名曰："打造企业领袖个人品牌。"

聪明的商人，千万不要让自己成为舞台中央聚光灯下的男主角，把自己的一举一动暴露在众目睽睽之下。不要让公众了解你个人的更多信息，更不能让竞争对手对你了如指掌。商人要保持一点神秘感，要让你的员工和合作伙伴对你抱有"幻想"，尽量少让别人知道你的各种资源与深层背景，面对媒体更应如此，以防企业一旦有个风吹草动，媒体用放大镜把你的陈年老账都给翻出来。通常，水能载舟的道理人们都清楚，而水能覆舟的道理未必人人都明白。这些年来倒下的不少企业家，如牟其中、张海、顾雏军等，尽管失利的原因很多，但笔者认为，这和他们为人处事的高调张扬密切相关。

◎善守者，藏于九地之下

"善守者，藏于九地之下。"这是《孙子兵法》中的一句话，意思是说，善于防守的人，像藏于深不可测的地下一样，使敌人无形可窥。商人做事，也要谨以安身，避免成为别人关注和攻击的目标。这不仅可以保护自己，融入人群，与人和谐相处，也可以让你暗蓄力量，悄然潜行，在不显山露水中成就更大的事业。所以，在企业的经营管理中，高效做事、低调做人、实事求是、稳扎稳打，方为上策。尤其是国企商人，不要好大喜功，更不要事事张扬，而要培养一种精明的生存策略。这样，哪怕是生意不好，或项目遭遇挫折，都只有圈内人知道，不至于在社会上闹得沸沸扬扬，搞得上级、媒体、客户、银行都来找你麻烦。

记住：作为商人，示人以弱乃生存竞争的大谋略；有功莫自大，有才莫自傲。

成功就是跟对人，
迷路就是问错人

"近朱者赤，近墨者黑。"

"压对牌赢一局，跟对人赢一生。"

现实生活中，很多人不具备成功的潜质，但他们仍然可能成功，重要的原因是跟对了人。比如《西游记》中的沙僧，智商和情商都极为普通，但是他跟对了唐僧和孙悟空，依然获得了成功，有谁认为他不是一位得道的高僧呢？假如他没有加入唐僧这个团队，没有去西天取经，他可能就在流沙河平平淡淡了此一生，成为平庸之辈。

香港某杂志曾经针对港岛的上班族做过一个调查，结果在所有受访者中，有70%的人表示有被贵人提拔的经历，而且年龄越大曾受提拔的比例越高。尤其是50岁以上的受访者，几乎每个人都曾经遇到过贵人。受访者中凡是做到中高级以上主管的，有90%受过他人的栽培，而自己创业当老板的，竟然100%受到过贵人的帮助和提拔。

◎跟对人，你可以少走很多弯路

跟人是一门高超的艺术，是基于美好愿景的积极主动的人生选择。跟对人，很可能你的人生就此改变，少走很多弯路，甚至绕开致命的失败。有道是：上马的时候有人扶，摔倒了有人搀，落水时有人向你抛救生圈。没有跟对人，你的事业道路将艰辛曲折得多，不仅损失精力、时间和金钱，还会消磨你的信心和耐心，而这些失去的将永远无法追回，你一辈子的努力可能赶不上人家几年的进步。

历史和现实生活中众多成功人士的背后，往往都会发现贵人的身影。他们紧跟着贵人，受到贵人的提携和帮助，甚至有的人最终取得了超过贵人的成就。因此，你一定要在职场中寻找到自己的贵人。雅芳公司CEO钟彬娴，是《时代》杂志评选出来的全球最有影响力的25位商界领袖中唯一的华人女性，在许多人心中她就是个奇迹。刚出校门时，钟彬娴一无背景，二无后台，她应聘到鲁明岱百货公司做她喜欢的营销工作。在那里，她结识了职业生涯中的第一个贵人——鲁明岱百货公司历史上的第一位女性副总裁法斯。在法斯的提拔下，钟彬娴27岁就进入了公司的最高管理层。她和法斯一起跳槽到玛格林公司，不久就升到了副总裁的位置。钟彬娴觉得自己的发展空间有限，于是去了雅芳公司。在那里，遇到了她的第二位贵人——雅芳公司的CEO普雷斯。由于普雷斯的欣赏和举荐，加上她个人的努力，钟彬娴最终坐上了雅芳公司CEO的位置。

◎谁是你的贵人

贵人可能是某位身居高位的人，也可能是让你钦佩崇拜的人，他们多是成功人士。这些人，往往具有雄才大略，见识异于常人，不卑不亢，不急不躁，做人处事自有风格。他们胸怀大志，眼界开阔，不计较一时的得失。他们善于学习，长于交往，乐于助人，厚

【成功就是跟对人，迷路就是问错人】

待下属。不论在什么环境下，他们都能自然地影响和控制群体的行为。你跟着这样的人，应该是聪明之举。当然，他也应该是你的良师益友，和你是"伯乐与千里马"的关系，而不是利用与被利用的关系。雅虎的崛起就是一个很典型的例子。当年，杨致远和几个同学拿着雅虎的策划书，屡屡遭到投资人的拒绝，孙正义毅然拿出2个亿，并提出只占35%的股份，这才有了今天的雅虎。当然，孙正义也由此获得了200个亿的巨额回报。李宁的成功也是因为在飞机上认识了一位后来给他做顾问的朋友，在他的帮助下，李宁品牌在中国迅速走红。所以，善待我们周围的人，或许他就是你一生的贵人！

◎不要忘记和背叛你的贵人

有些人在受人提携，功成名就之后，生怕别人说自己的成功是给人家"提鞋"换来的，往往想将过去掩饰，口口声声说"一切都是靠自己打拼"，绝口不提贵人的帮助。有的人甚至背叛贵人，跟贵人动"刀子"，恩将仇报。这种人不是君子，他对自己目前的能力缺乏起码的自信。如果你不想让别人戳你脊背，骂你"忘恩负义"，就千万别做这种傻事！如果你不听我的劝告，你最终可能成为孤家寡人！

贵人也有遭难被贬的时候，或事业不顺企业破产；或被降级撤职；或是到龄退休；甚至违法犯罪进了监狱，你都不要离他而去，要在精神上和生活上给予他和他的家庭加倍的关怀和帮助。千万不能因为别人骂他而与之"划清界限"，更不能随波逐流，反戈一击。要知道，人的命运往往是身不由己的，也难免有犯错误或走背字的时候，但这不表明他一直就是个品德败坏的人，也不表明他从此会一直没落下去。即便他深陷囹圄或一蹶不振，你只要始终如一凭自己的良心对待他，总有一天，会有更多的贵人来帮助你。

为人低调，不要狂妄自大，
哪怕你真的是老大

　　商人选对行业、跟对人，是开创个人事业的基本要素。如果你觉得现任的领导本身没能力，情商和智商都不值得你学习，那就应该尽早跳槽，去选择下一个能带你实现梦想的人。

　　商人做生意只有两件事——赚钱、纳税。但是，有些商人腰包一鼓，就觉得自己哪儿都硬，就开始想第三件事——出名。先是用面孔问候世界，广告牌上挂上自己的巨幅照片，电影电视剧里当主演。其实，他身边的许多人都不好意思说出内心的真实感受，拙劣的表演让人直起鸡皮疙瘩。接下来就是不再对商业广告感兴趣，而是在名人访谈上频频露面，大谈自己的人生价值（这时前妻和孩子的生活可能还没着落呢）。侃侃而谈中不乏"打造"、"构建"、"展望"等字眼，好像他住的酒店比别人上的厕所还多。有的人甚至给美国总统写信，并到处炫耀总统的回信。还有的人自己屁股还没擦干净，却要去给朝鲜的经济开发区当主任等等，不一而足。这些人的本事，足以让混迹商圈的许多"头脑僵化"的商人们汗颜。

◎"名"之诱惑——难以放下的"执著"

　　"名利"是挡不住的诱惑。而"名"又排在"利"的前面，所以"名"更不容易被拒绝。从上幼儿园争戴小红花那天起，人这辈子就开始了争名夺利的旅程。

世易时移，人们对奢华的举动已经不那么惊讶，甚至把上房揭瓦、衣着袒露当作个性张扬的表现。但是，作为商人则必须为人低调，不应在媒体上频频露面，更不可故意炒作自己，哗众取宠。因为只有扎扎实实地把企业做大、做强，才是真正的"名"。愚蠢的商人赚了点小钱，就开始忘乎所以，不再研究经济，转而研究如何钻营政治；不再研究如何经营企业，而是研究如何出名。那些看上去风度翩翩、气质雅儒、道貌岸然、侃侃而谈的大款商人，实际上是内心空虚、不懂经商之道的人。

商人只可以宣传自己的产品，不可以宣传老板个人。商人的名气是随着事业的成功，通过事业而逐渐被人们所认可的。否则，人们就会模糊、淡忘你和企业之间的联系，你就真的变成"脱口秀"主持人了。

福建和广东等地近年来涌现出了一大批富豪，他们学历并不高，但都很

【为人低调，不要狂妄自大】

勤奋、务实，不搞媒体宣传，只管踏踏实实做事。比如2003年登上"胡润百富榜"女首富的张茵，曾向胡润发出律师函，表示"不愿意上榜"。

◎卑而骄之——自有"四两拨千斤"之妙

"天外有天，人外有人。"这句话提醒我们，不要在任何场合摆阔称大，哪怕你真的很强大。对于喜欢显阔充大的人，最好的办法是敬而远之。你如果想害他，那么最好的方式，就是不断恭维他，在他面前示弱，使他头脑持续发胀，最好达到狂妄至极。最终，会有一个人拿着"板砖"，对准他的脑门狠狠地砸下去。而最后砸倒他的那个"板砖"，与你没什么关系，你最多可以轻轻地帮他抹上眼皮，默念一句：安息吧，朋友！

《三十六计》中第二十六计的"扮猪吃虎"，《诡道十二法》中的"卑而骄之"，说的都是示弱胜强之法。司马懿诈病赚曹爽，蔡松坡戏瞒袁世凯等，都是史书中的经典故事。东汉末，东吴袭取荆州之战更是运用"卑而骄之"战法取胜的一个成功战例。当时，镇守荆州的蜀将关羽，在其北进俘获魏将于禁，围困曹仁于樊城之后，被胜利冲昏头脑，放松了对后方荆州的守备。东吴孙权君臣抓住关羽"意骄志逸"这个致命弱点后，先是让驻守陆口的东吴大将吕蒙佯装有病回到京都建业，以此麻痹关羽，使其放松对东吴的警惕。接着委派位卑名微的陆逊替代吕蒙进驻陆口，进一步骄纵关羽。陆逊到达陆口后，佯以卑躬谦和之姿，对关羽极尽颂扬恭维之能事。此法果然行之有效，关羽"遂大安，无复所嫌"，完全解除了对东吴的防范。这就给东吴袭占荆州造成了可乘之隙。其后，孙权及时督帅吕蒙、陆逊等部实施偷袭，一举攻克荆州。而"名震华夏"的关羽，竟落得兵败被杀的可悲下场。

低位承接，更有利于打开上升空间，所以商人可以"财大"但绝不可以"气粗"。为人低调，待人和气，是商人的本分，正所谓"和气生财"嘛。商家之间比的是投资回报率，商场较量的是资本规模以及提供商品和服务的性价比，绝不是比排场、比阔气。如果你想欺骗对方，"排场"或许有点用，否则，商人的排场就是"成本"，你要为此"成本"付出"代价"。我有个朋友身体很壮，大冬天的穿着短袖，大家都夸他身体好，弄得他为了这个"排场"下不了台，无论天气多冷都穿着短袖，最后，被冻得感冒发烧，差一点儿被疑是"禽流感"。

【可以财大，不可气粗】

不要行贿受贿，可以礼尚往来，送礼千万不要记黑账

古语说："礼尚往来"。"来而不往非礼也。" 中国是一个崇尚礼节的国度，早在春秋时期，送礼的风尚就已形成，并演绎成为一种文化。为了培育市场，商人需要培育人际资源，需要与政府官员、银行及公检法系统以及其他商人交往。交朋友是商人十分重要、而又十分繁杂的工作，商业交往实际占用了商人的大部分时间。

在交往过程中，送礼几乎是必须的，也是一种潮流。既然送礼是一种潮流，你就不要逆着潮流走，否则只能使自己的生意受损。这如同电影散场，顺着走都可能被挤得东倒西歪，何况逆行？那还不被撞倒、踩扁？但大家千万不要误解我的意思，我让大家顺的是"礼"流而不是"贿"流。"礼"是一种沟通感情的仪式和方法，通过"礼"所取得的是正当的利益；而"贿"则是一种获取利益的权谋和手段，通过"贿"所取得的是不正当的利益。我们千万不要把二者给混清了。

◎商人交际最忌"现用现交"

送礼是人类情感体验的一种简洁生动的方式，送礼者往往想通过礼品向接受者表达某种特殊的感情。以物表情，礼载于物，得体的送礼，恰似无声的使者，给交际活动锦上添花。商人的交际活动，虽然多带有功利性和目的性，但是你千万不要做"现用现交"的人。愚蠢的商人平时不来往，来往必有事。为了办事而去送礼，目的性非常强，这样的商人很容易让对方嗅到一股铜臭味儿，而且，这样做很容易让人感到有"受贿"之嫌，浑身不自在。聪明的商人平时送礼，只是为了沟通感情。见面没有事，有事不见面。送礼时不办事，办事时绝不送礼。

清末红顶商人胡雪岩之所以能够在一无所有的情况下，迅速崛起于商界，与他的懂礼节、善交际密不可分。当他还是一个钱庄跑街的，在碰见没有盘缠上京赶考的王有龄时，毅然拿出身上刚讨回来的账款，自己作担保人将钱借给了王有龄。后来王有龄高中回杭州做了知县，在他的帮助下，胡雪岩的生意很快有了起色，赚到了人生的第一桶金。

◎聪明的商人要学会"善忘"

送礼无非三种情况：一是不能不送的，比如父母、关系密切的亲友、上司、同事等；二是可送可不送的，像一般商业上的熟人；三是与感情无关但有商业企图的送礼，那就是送贿赂、送腐败。前两种是礼尚往来，后一种是违法犯罪，性质截然不同。商人送礼，主要体现为前两种，要视为一种感情投入，因为，对于你的上司或者商务伙伴来说，你送的礼物，不会对他的生活有什么改变。因此，要抱着不求回报、不求收支平衡的博大胸怀。现在确实有一些人只收礼不办事，要不要给这种人送礼，你在送礼之前可要掂量清楚。如果你真的不了解对方或是迫于无奈，也不要"设局"，不要想出录音、偷拍之类的损招以备他日之用，而应该抱着行善积德的施舍心态，泰然处之，平静对待，只当是留下个"买路钱"。因为他既然收了礼，即使不"办事"，也不会"坏事"。切记：这些感情投入千万不要记黑账，要学会遗忘，遗忘是做人的一种境界。

陶朱公范蠡的二儿子因为杀人被楚国拘捕了。自古以来，凡是家有千金的犯人，不会在闹市中被处死，因此，朱公决定派小儿子去探望二儿子，并让他带1000镒黄金。就在小儿子即将出发时，大儿子说："我是长子，现在弟弟犯了罪，父亲不派我去，却派小弟，说明我是不肖之子。"说完就要自杀。不得已，朱公只好派大儿子去，并写了一封信要他送给旧日的好友庄生，同时交代说："你到楚国后，把金子送到庄生家，一切听从他的吩咐，千万不要与他发生争执。"老大到了楚国，依照父亲的嘱咐将黄金如数进献给庄生。庄生说："你现在赶快离开，千万不要留在这里，即使在你弟弟释放后，也不要问原因。"老大口中答应，但并没有真的离开，而是偷偷留在了楚国，并用自己另外私带的黄金贿赂楚国主事的达官贵人。庄生因为廉洁正直而闻名于楚国，上至楚王下至百姓，对他都很尊重。黄金送来后，他对妻子说："这是陶朱公的钱，以后全部还给他，千万不要动用。"庄生找了一个机会入宫觐见楚王，以天象有变将对楚国造成危害为由，劝楚王实行德政，楚王于是准备实行大赦。接受贿赂的达官贵人把这一消息告诉了老大。他寻思，既然实行大赦，弟弟自然可以释放了，那1000镒黄金不就等于白白给庄生了吗？于是他又返回见庄生。庄生一见他，惊奇地问："你没有离开吗？"老大说："没有，当初我为弟弟的事情而来，现在楚国要实行大赦了，我的弟弟自然可以得到释放，所以特来向您告辞。"庄生听出了话里的意思就说："你自己到房间里取黄金吧。"老大暗自庆幸黄金失而复得。庄生因为遭到长子的愚弄而深感羞愤，他又入宫会见楚王，说："现在外面很多人都在议论陶地富翁朱公的儿子杀人后被关在楚国，他家派人用金钱贿赂君王左右的人，因此君王并不是体恤楚国人而实行大赦，而是因为朱公儿子才大赦的。"楚王闻之大怒，于是命令先杀掉朱公的儿子，之后才下达大赦的诏令。长子最终带着弟弟的尸体回到了家。

◎送礼也要讲究艺术

选择礼物是十分讲究的，要把握一个度。礼尚往来的事情，自己心里要有一本账，不要在行贿的"临界点"上犯糊涂。初次相识不可以重礼，但也要让对方感到礼物有品位、有档次又不贵重。切忌不要将自己留之无用、弃之可惜的东西，当作礼物送人，正所谓"己所不欲，勿施于人"。因为送这样的礼物给人家，往往适得其反，不仅起不到沟通感情的作用，反而会让对方生厌。

另外，还有怎么送礼的问题。一般性礼物可以让司机、秘书代劳，重要的礼物一定要亲自送。最忌讳的是请中间人或者两个人送。中间人有可能将礼物部分或全部截留，没有送达。而两个人一块去送礼，可能被人家"骂"出来。

【送礼时不办事，办事时不送礼】

有"礼"走遍天下，无"礼"寸步难行。谁都希望自己在送礼上技高一筹，谁都希望自己挑选或精心制作的礼物能够被人欣然接受。送礼是一门大学问，这里只能讲讲大概的原则，你要根据对象和环境的不同，采用不同的套路，关键还是要"自学成才"。切记，千万不要流入"贿"道，不要记黑账。

你可以送钱给人，
但不要借钱给人

千万不要借钱给别人。借钱给人，最大的危险是不仅失去金钱，还可能同时失去亲情、友情，甚至与人反目为仇，做好事反而把人给得罪了。借钱的时候你是甜哥哥、蜜姐姐，还钱的时候欠债的人是大爷，要债的人是孙子。所以，无论企业还是个人尽量不要借钱给别人，借钱给人家不如送钱给人家。当今社会，债权最多的商人往往是最贫穷的人。杨绛在回忆钱钟书的文章里说，钱先生从来不借钱给人，凡有人借钱，一律打对折奉送。借1万，就给你5000，再加上一句："不用还了。"钱先生的睿智通达，令人惊叹！聪明的商人，宁可勒紧裤腰带当"慈善家"，也不要抱着借据当债权人。

◎商业信用的缺失，让你不得不揣住钱袋子

当下的中国商界，商业信用的缺失，是商人们不得不面对的严酷现实。过去民间有句话："无商不奸，无奸不商。"这本来是一句贬语，形容和讽刺那些缺少商业道德的生意人，如今却被一些油猾商人奉为"真经"。

现在，银行与企业、企业与企业、个人与个人之间的借贷纠纷比比皆是。银企之间的借贷纠纷、企业之间的"三角债"、个人之间的高利贷等债权债务的"沙尘暴"席卷中国大地。

欠债难！要债更难！要朋友的债难于上青天！曾几何时，人们从心底发出这样无可奈何的感叹！黄世仁和杨白劳权与责的畸形倒置，人们在社会交往中诚与信的严重缺失，导致商人们谈"借"色变。沉痛的教训使人们有理由相信，除非有重大的利益制衡，否则，很难有奇迹发生，借出去的钱，能够收回的概率微乎其微。所谓"借"，在某些人的观念中，只是一个冠冕堂皇的借口。因为，从理论上讲，"借"是建立在"还"的假设上。有了这个大胆的假设，借钱的人才能名正言顺，理直气壮，出借者才能自欺欺人，求得所谓的心安理得，至少不至于渺无希望。

也许，当初借钱的人确有还钱的诚意，至少，朦朦胧胧还有一点想还钱的幻觉。然而，时过境迁，等到借来的钱用光，无力偿还之后，那种想还钱的幻觉便渐渐淡漠，并逐渐产生"虱子多了不怕咬"的泼皮心态。或许这时他还心存一点点歉意，而随着时间的推移，那一点点歉意也无影无踪，变成理所当然了。他甚至还会生出劫富济贫的念头，觉得你比我有钱，不还又能怎样？《老子》里有一句话："天之道损有余而补不足。人之道则不然，损不足以奉有余。"这句话的意思是说，天道要求富裕者捐助贫穷者，而社会上却是贫穷者给富裕者送礼。于是乎欠债的人振振有词："我当初就是因为穷，才向别人借钱，现在我还没脱困，还要把钱还给人家，简直有背天道。"如果你催得紧，他只

【宁当慈善家，不当债权人】

好把话给你挑明，"实在对不起，要钱没有，要命一条"，你能拿他怎么办？即使他出于无奈，每次能还点儿钱，对于你来说，就像蚂蚁搬大山，活活熬死你。

还有一些卑劣之人，索性管借贷叫"诈款"。这种人借钱本身就出于恶意，借的时候就没有想过要还，纯粹是骗几个钱算几个钱。他们利用"壳公司"借贷，然后将"壳公司"破产。或者，借走"白花花的银子"，还回来一堆"破铜烂铁"。这种借贷是"肉包子打狗——有去无回"，换句话说简直就是"抢劫"。

民间借贷还有一个面子问题。借钱的人容易开口，因为大家感情不错，才向你开口借钱，借钱是信得过你，看得起你。而讨债的人却很难启齿，因为讨债大多是在对方不愿偿还或者无力偿还时采取的行动，讨债反倒成了落井下石、无情无义、破坏感情。有时甚至钱没要到，还惹得一身臊。

所以，还是那句话，低调点儿，别以为自己有俩臭钱，就自以为可以解放天下受苦受难的劳苦大众。相反，你要看好自己的钱袋子，捂紧点儿。

◎破财消灾，送人家钱积德，借给人家钱自讨苦吃

在小品《礼下于人》中，要账的黄世仁要给欠钱的杨白劳下跪，杨白劳竟然盼着黄世仁去告他。侯耀华和张国立用小品的方式，惟妙惟肖地描绘了当今黄世仁和杨白劳的倒置关系。黄世仁们为了让杨白劳们还钱而好话说尽，把对方当大爷、当祖宗，笑脸相陪，请吃送喝。这种场面在不经世事的年轻人看来，确实有点儿滑

稽可笑，但是，对于饱经沧桑的商人，却是现实生活中的亲历，笑过之后，心中隐隐作痛。严酷的现实，告诫商人们不要轻易借钱给别人。切记：往往借钱的时候是朋友，讨债的时候就变成仇敌了！

《三国演义》中刘备借荆州的故事，恐怕是历史上最大的一场"借贷纠纷"。孙刘结盟共同抗曹，赤壁之战后，刘备去京口"借荆州"，请求孙权把南郡、江夏郡划归自己管辖。于是孙权把南郡以及南郡以西的荆州长江沿岸地区借给了盟友刘备。之后，刘备的势力逐渐强大起来，东吴便向刘备索还荆州，但刘备不允。于是公元215年，东吴派吕蒙袭长沙、桂阳、零陵三郡，刘备则命令关羽引兵来争。在战争一触即发之即，曹操准备攻打汉中，威胁到了刘备的益州。于是刘备与东吴讲和平分荆州。公元219年，东吴趁刘备荆州镇守大将关羽欲北上攻打曹操的时机，为避免曹操背后偷袭，东吴对曹操称臣，争取了时间。吕蒙白衣渡江计谋袭取荆州，杀了关羽，占据了荆州。虽然东吴最后把自己借出去的东西硬生生地要了回来，但是两次出兵，代价惨重。

谨慎些吧！别轻易向他人借钱，更不能轻易借钱给别人。一旦有人张口向你借钱，你要么说"不"，要么根据你的承受能力和交情厚薄，送些钱给他算了，同时别忘记告诉他："这钱不用还了！"借钱给他人，常常会失去金钱，同时也失去朋友。送钱给他人，你既能减少些损失，还能继续这份友情。当然，我讲的是趋势性、普遍性的问题，也不排除有重合同、守信用的商界君子。但是，那绝对是凤毛麟角，遇到一个商界君子比挖到一颗野山参还难！太夸张了吧？你要是不信？那就试试吧！早晚你会像孙权一样"赔了夫人又折兵"！

不要通过老朋友认识
新朋友后，甩掉老朋友

"结新知，不如敦旧好。"在商业活动中，你会不断通过老朋友，认识一些新朋友。但是，切记不要马上撇开老朋友，而单独与新结识的朋友密切来往。与其施惠于新人，期望获得新人的好感，不如怀旧情而行正道。结交新的朋友并非不好，只是不能喜新厌旧。何况，轻易背弃朋友的人，为商人们所不齿，难免有一天，也会遭到别人的抛弃。

◎面对新朋友，你要妥善处理好与老朋友的关系

能通过老朋友认识新朋友，是件很惬意的事。但你千万不要马上做出"短路"的勾当——单独与新朋友交往，这太显功利，对老朋友来说，你也太不够意思，会使老朋友离你越来越远，新朋友也会对你满腹狐疑。最后，可能是"竹篮打水一场空"，既失去了老朋友，也没交成新朋友。

有时，新朋友会主动热情地邀请你，如果赴约，一定请你的老朋友一同前往，尤其是初期阶段的一切往来都要告知老朋友。如果有商业合作的可能，更要征询老朋友的同意，千万不能背着老朋友私下与新朋友合作。要知道，他们之间交往已久，在人

品、性格和企业实力方面要比你清楚得多。你不征询老朋友的意见，盲目地与新朋友合作，容易掉进陷阱。而当你盲目甩开老朋友，你与新朋友之间由于陌生又难免产生几分戒心，时间一长，新、老朋友都会觉察出你动机的功利性，大家讨厌你那是早晚的事儿。一般只要有失信于人的前科，别人就不再愿意和你交往，更忌讳给你介绍新朋友。进行商业合作？你想都别想了！人家宁愿去媒体上发"征婚启事"，寻找信用可靠的人，也不愿再找你这个背信弃义的家伙。

从功利层面上讲，生意上的朋友也是一种"资源"，如果你抛开老朋友，单独交往老朋友介绍给你的新朋友，其实是在廉价窃取"资源"。别人多年培育起来的"人际资源"，你想轻易窃取，实在是十分不道德的行为。你千万不要像"熊瞎子掰苞米"的那头狗熊，掰了一地玉米，自以为收获多多，其实终点还是起点，既失去了老朋友也没交上更多的新朋友。尤其是，你通过老朋友认识了一位漂亮的女士，你如法炮制抛开老朋友，私下与这位女士往来，那麻烦可能就更大了。当今社会，本来人际关系就很复杂，男人与女人之间的关系就更加敏感和微妙。你贸然与这位女士来往，可能会不知不觉地陷入莫名其妙的麻烦之中，甚至，可能导致老朋友与你绝交，严重的还可能带来杀身之祸！

其实，你应该做的事情是巩固关系，培养感情，为将来的合作打下坚实的基础，千万不能太功利。如果你在新、老朋友关系上处理得体，大家都会其乐融融，也会心甘情愿帮你介绍生意。所以，千万不要让新、老朋友有被利用的感觉，更不要将朋友当成"小时工"，有事召之即来，无事挥之即去。就算在相当长的一段时间里，朋友之间没有生意合作，也很正常，毕竟，交朋友不仅仅是为了做生意。

◎交友的动机决定成败，动机不纯将寸步难行

商人必须明白在圈子内如何做人，这有助于更好地处理与朋友的关系。

如何做人？第一种是人家帮了你，你帮人；第二种是人家没帮过你，你帮人；第三种是人家帮了你，你不帮人。人家帮了你，你也帮了人家，这是礼尚往来、相互回报，谈不上品德高尚。人没帮你，你就帮人，这是有层次、有境界的大家风范。人家帮了你，你不帮人家，那是过河拆桥，是最差劲的人。这种人不仅仅是缺少商业道德，简直就是小人，只需一回，以后就没有人愿意陪他玩了。

商人要发展事业，要想得到更多新、老朋友的支持，靠什么？主要靠的是商人本身的社会信誉度，靠做人的厚道和真诚，靠人格的魅力。伴随着事业的不断成长壮大，你会结交更多不同层次的朋友。在结交新朋友时，一定不能忘记老朋友。虽然，商人做事都有一些功利性，但是，趋炎附势的小人不能做。人家好过的时候，我们和人家是朋友，人家不好过的时候，我们依然是人家的朋友，这才是商人的做人之本、交友之道。

你应该懂得，别人在乎的是你对他的尊重，所以我们应该用心同他人交往。而价值观的扭曲会失去朋友，同时也会迷失自我。

"人以群分，物以类聚。"妄自尊大，只认钱财，只图名利，结交的朋友只能是酒肉朋友，如果非要冠个名头，那一定是狐朋狗友。从此，你结交的新朋友，永远没有失去的老朋友多，直至将商业道德的储值卡彻底刷空。

钢铁大王卡耐基说过，一个人的事业成就，85%来自人脉关系，15%来自专业知识。这绝非耸人听闻，人生成功与否，很大程度上取决于是否拥有一棵参天的人脉大树。尤其是在经济全球化的今天，你的人脉大树越枝繁叶茂，你的事业拥有的发展空间就越大。结交朋友，与朋友相处，一定要慎之又慎，尤其是在重视人际关系的中国。

◎交新朋不忘老友，多做换位思考

有人说："酒是醇的香，友是老的好。"也就是说，结交多年的老朋友，彼此已有深厚的情义。朋友的真正价值就在于，遇坎相互提醒，有难互相帮助，无论痛苦还是快乐，愿意彼此分担和共享。朋友是人生的财富，需要用心去积累。古人言"故旧不遗"，就是"念旧"，老朋友的交情始终要惦念。历代一些有名的帝王，如西汉的光武帝刘秀、明朝的开国皇帝朱元璋等，虽贵为天子，仍不忘旧情老友。朱元璋当了皇帝以后，要找年轻时和他一起种田的老朋友田兴，并亲自写信给他，"皇帝是皇帝，朱元璋是朱元璋，你不要以为我做了皇帝就不要老朋友了。"

中华人民共和国成立之后，经过几次战略调整，外交政策上一直是"结交新朋友，不忘老朋友"，许多新朋友就是通过老朋友牵

【切莫"卸磨杀驴"】

线搭桥，才得以建交。很快，中国在联合国站稳了脚跟，同时赢得了国际社会的认可。

　　李嘉诚也讲过，一个人要去求生意就比较难，生意跑来找你，就容易多了。那如何才能让生意来找你呢？这就要靠朋友。

如何结交朋友？就是要善待他人，充分考虑到对方的利益，不能把目光仅仅局限在自己的利益上。让利与得利两者是相辅相成的，自己舍得让利，让对方得利，最终会给自己带来较大的利益。占小便宜的人，不但会失去老朋友也不会再有新朋友，因为，你的品行伤的不仅是一个朋友，而是一个朋友圈子。

"路遥知马力，日久见人心。"当老朋友给你介绍了新朋友，你绝对不能把老朋友当成餐巾纸，用过了一扔。你与新朋友的交往要经常与老朋友沟通，既表现出我们都是好朋友，彼此不分你我，又共同维护了朋友之间的和谐。长期坚持这样做，新朋友也逐渐成为老朋友，你的商业朋友就会越来越多。尤其是在今天这个"地球村"里，你的人脉大树就会更加枝繁叶茂，企业发展的空间就会越来越广阔。

经常唱唱《永远是朋友》这首歌吧，它的歌词堪称商人交友的座右铭："千里难寻是朋友，朋友多了路好走，以诚相见，心诚则灵，让我们从此是朋友……结识新朋友，不忘老朋友，多少新朋友，变成老朋友……"

外圆内方知进退

作为商人，总会遇到各种各样的问题，随机应变就显得非常重要。聪明的管理者一定会因时制宜，因地制宜，做到外圆内方，大智若愚，从而纵横于商场。

我在《一家之说》那本书里讲过，中国商人讲究的是"圈文化"，而西方商人讲的是"条文化"。中国商人要想立于不败，就得学做一枚"铜钱"，外圆而内方，不能外方而内圆。

◎外圆内方乃为人处事的大智慧

著名教育家黄炎培在给儿子写的座右铭中就有这样的话："和若春风，肃若秋霜，取象于钱，外圆内方。"在他看来，"和若春风"就是"圆"，即做人做事讲究技巧，既不超人前也不落人后，或者该前则前，该后则后，能够认清时务，使自己进退自如、游刃有余；"肃若秋霜"就是"方"，即做事要认真，有自己的主张和原则，不被他人所左右；"取象于钱"，则是以古代铜钱为形象比喻，启发人们要把"外圆"与"内方"有机地统一起来。

"外圆内方"其实也是人生的处世哲学。"方"是原则，是目标，也是本质；"圆"是策略，是途径，也是手段。因此，做人必须方中有圆，圆中有方，外圆内方。行动时干练、迅速，不为感情所左右；退避时，能审时度势、全身而退，而且能抓住最佳机会东山再起。

　　一个人若只有"方"而没有"圆"，必然会经常碰壁，一事无成。相反，如果只有"圆"而没有"方"，多机巧，则是没有原则、没有主见的墙头草。"方圆有致"才是智慧与通达的成功之道。

　　《三国演义》中有一段"曹操煮酒论英雄"的故事。当时刘备落难投靠曹操，曹操很真诚地接待了刘备。刘备在许都住下后，

【搬不倒】

为防曹操谋害，就在自家后园种菜，亲自浇灌，以此迷惑曹操。一天，曹操约刘备到他家喝酒，谈起谁为当世之英雄。刘备点遍袁术、袁绍、刘表、孙策、张绣、张鲁，均被曹操一一贬低。曹操指出英雄的标准是胸怀大志，腹有良谋，有包藏宇宙之机，吞吐天地之志。刘备问："谁人当之？"曹操说："天下英雄惟使君与我。"刘备本以韬晦之计栖身许都，被曹操点破是英雄后，竟吓得把筷子掉落在地上。恰好当时大雨将至，雷声大作，曹操问刘备为什么把筷子弄掉了，刘备边低头捡筷子边说："一震之威，乃至于此。"曹操说："雷乃天地阴阳击搏之声，何为惊怕？"刘备说："我从小害怕雷声，一听见雷声只恨无处躲藏。"自此曹操认为刘备胸无大志，必不能成气候，也就没把他放在心上。刘备以此巧妙地将自己的慌乱掩饰过去，从而避免了一场劫难。刘备在"煮酒论英雄"的对答中采用方圆之术，在曹操的哈哈大笑之中，免去了曹操对他的怀疑和嫉妒，最后如愿以偿地逃脱虎狼之地。至于三国后期的司马懿，更是个外圆内方的高手。他佯装成快要死的人，瞒过了大将军曹爽，达到了保护自己、等待时机的目的，最后实现了自己的抱负，统一了天下。这正是"鹰立似睡，虎行似病。"

◎只方不圆，只圆不方都会坏事

孙子说："混混沌沌形圆，而不败也。"运用"形圆"的方法，关键要懂得"形"的作用。

船体之所以不是方形而总是圆弧流线状，为的就是减少阻力，更快地驶向彼岸。人生也像大海行舟，航行中处处有风险，时时有阻力。我们是与所有的阻力较量，拼个你死我活，还是积极灵活地排除万难，去争取最后的胜利？这完全在于我们的处理方法。显然，不懂形圆，缺乏驾驭感情的意志，棱角分明、事事计较、处处摩擦者，哪怕壮志凌云，聪明绝顶，往往只会碰得头破血流，一败涂地。

威名赫赫的三国名将关羽，就是一个典型的例子。若说关羽武功盖世，没有人质疑。"温酒斩华雄"、"过五关斩六将"、"单刀赴会"等等，都是他的英雄写照。但他最终却败在一个被其视为"孺子"的吴国将领之手。究其原因，是他不懂形圆的人生哲学。他虽有万夫不当之勇，为人却盛气凌人，不识大体。除了刘备、张飞等极个别的铁哥们儿之外，其他人他都不放在眼里。他一开始就排斥诸葛亮，是刘备把他说服了，继而又排斥黄忠，后来又和部下糜方、傅士仁不和。他最大的错误是和自己国家的盟友东吴闹翻，破坏了蜀国"北拒曹操，东和孙权"的基本国策。在与东吴的多次外交斗争中，他单凭一身虎胆，从不把东吴的人包括孙权放在眼里。不但公开提出荆州应为蜀国所有，还对孙权等人进行人格污辱，称其子为"犬子"，使吴蜀关系不断激化，最后，落得一个败走麦城，丢了身家性命的下场。

《菜根谭》中说："建功立业者，多虚圆之士。"意思是，建大功立大业的人，大多是谦虚圆活的人。北宋名相富弼年青时，曾遇到过这样一件事：有人告诉他，"某某骂你"。富弼说："恐怕是骂别人吧。"这人又说："他是叫着你的名字骂的，怎么是骂别人呢？"富弼说："恐怕是骂与我同名字的人。"后

【外圆内方知进退】

来，那位骂他的人听到此事后惭愧得不得了。明明被人骂，却认为与自己毫无关系，并使对手自动认输，这可说是形圆之极致了。富弼后来能当上宰相，恐怕与他这种高超的形圆处世艺术很有关系。但他又绝不是那种是非不分、明哲保身的人。出使契丹时，他不畏威逼，拒绝割地的要求。任枢密副使期间，与范仲淹等大臣极力主张改革朝政，因此遭诽谤，一度被摘去了乌纱帽。富弼的做人，既外形圆活，心胸豁达，与人为善，又内心方正，坚持原则，维护了自己独立的人格。

清朝红顶商人胡雪岩是银号学徒出身，没有什么学历，财产却可以买下半个浙江省。他说过："欲无办大事之难题，必先倾全力做到圆世道、圆身心。"他经商有一个"六字方针",即：圆、情、义、智、勇、仁。其中，圆字第一，圆事、圆道、圆身、圆心。他认为，善做事的人，做事一定会留下一个圆满的结局；不善做事的人，事后会留下一个缺口。其实，今天的商业活动，从表面上来看，好像仅仅是为了赚取金钱。实际上，在这个"食脑时代"，商业活动更重要的是体现出人与人之间的智力角逐，是人与人之间的谋略较量。

人生在世，运用好"方圆"之理，必能无往不胜，所向披靡。无论是趋进，还是退止，都能泰然自若，不为世人的眼光和评论所左右。只圆不方，是一个八面玲珑、滚来滚去的"O"，那就是圆滑了；只方不圆，是一个四处棱角、静止不动的"口"，面对的就是一盘死棋。处理好两者的关系，关键是做到大事讲原则，小事讲风格，有 "弯下腰当一座桥，挺起身做一架梯"的智慧。

第二部分

孔夫子曾说，
"君子敏于事而慎于言,就有道而正焉"。
人生如戏，在商场中，如何把握行事分寸，
不愠不火、游刃有余？如何任凭风云变幻，
始终立于不败之地?
从商必须"慎思之,明辨之,笃行之"。

保持中立，不要
卷入政治派系纷争

　　老子说："夫唯不争，故天下莫能与之争。"自古以来，政治斗争总是那样无情而残酷，所以商人不能忽视政治的重要性。但绝不能成为政客，不要钻营政治，要远离与政治有关的是非之地，在任何政治派系纷争面前，都应该本能地保持中立。

◎不要成为政治派系纷争的炮弹和牺牲品

　　在商业社会里，各种争名夺利的事情时有发生，它如同洪水中的巨大漩涡，把无数人卷进去而使其不能自拔。

　　事实证明，把获取商业利益的希望，寄托在有派系纷争的任何一方，都是不明智而且危险的。在派系纷争之中，你必须冷静并且保持中立，不管谁把谁死死钉在道德审判席上都与你无关。千万不要试图弄清两个大萝卜哪个是空心，哪个是实心，更不能乱表态，乱下结论。否则，你很可能成为别人用来武装自己，换取政治资本的炮弹和牺牲品。不疼不痒的话也别说，因为不管哪一派，都像抓壮丁似的希望你加盟他的队伍，谁愿意听你那不疼不痒的话呢？即使你的本意是积极和善意的，对于敏感的矛盾双方来说，很有可能曲解你的意思，弄不好还会让双方感到不舒服，害得你被夹在两派之间，他们争斗得昏天黑地，你被折腾得死去活来。

胡雪岩后来的商场失意有一条原因，就是没有处理好官场上的矛盾。他当初为了把事业做大，利用献粮的机会，结交了湘军的首领左宗棠。然而，由于派系纷争，他得罪了淮军的首领李鸿章。后来，左宗棠解甲归田告老还乡，胡雪岩便被李鸿章的手下，利用政治上的机会，把他的财产充了公。最终，胡雪岩成了政治纷争的牺牲品。

看来，最聪明的做法是远离那个纷争的漩涡。因为，在横渡江河时，只有远离漩涡的人，才能保全自己，最先登上彼岸。

◎超然于内部政治派系之上

作为商人，你不要像电视剧里描述的乾隆皇帝那样，对刘罗锅与和珅之间的争斗乐此不疲。当然，在你的管理团队中，成员之间有一点小矛盾是不可避免的，不用大惊小怪，这不一定是坏事。因为局部的小矛盾，有时还可能引发出工作上的"精彩"。所以聪明的商人，要容纳团队中的小矛盾，关键是要控制适度，只要不影响正常的决策和执行力，你就不用理会它。有时，光靠领导的拨乱反正，难以让下属有更高的工作热情。你最好在他们之间保持中立，轻易不要将你的好恶表现出来，要显得平静而淡然，其实这是以不争为争。

《康熙王朝》这部电视剧中，在康熙皇帝登基后不久，他便遇到了4位辅政大臣当中苏克萨哈与鳌拜的派系纷争，但是由于他最初的执政经验不足，没有保持好中立，而是帮了苏克萨哈，结果不仅失去了几位忠臣的辅佐和支持，更险些给自己带来生命危险。最后，还是孝庄太后出面，力挽狂澜才化解了这场危机。

◎官场如战场，明"哲"方能保身

无论哪朝哪代，官场中的政治斗争从来都是两败俱伤，凡是闹矛盾搞斗争的人，最后都难得善终。纷争中，每一方都举着公理的幌子、正义的牌子去攻击别人。公说公有理，婆说婆有理，应当说这种胶着状态，是非曲直是很难判断的。所以，你偏向哪一边都不靠谱。最好双方都能把你当成没什么滋味的鸡肋，把你从台面上撤下去，忘却你的存在，如果能那样可就阿弥陀佛了！假如实在没有脱身的办法，你就只好把自己变成一个演员。而表演的最高境界是将自己打扮成在他们手下讨碗饭吃的小伙计，尽量表现出不想惹麻烦、与世无争、可怜巴巴、无可奈何的样子，最终求得他们对你的忽视和忘却。当然，你也必须通过其他渠道，尽可能多地了解纷争的内幕，掌握必要的信息，以备不时之需。在此期间，不要多说话，不要评价，不要表态，更不可贸然参与官场上的你争我斗。远离官僚之间的"血雨腥风"是商人明智的选择。

有时矛盾不可避免，你又置身于矛盾之中，这时候，你的原则是：首先，不能在大是大非趋于明朗的情况下态度暧昧、缩手缩脚。特别是矛盾一方若是你的"恩师"，更要态度明确，旗帜鲜明，否则你会丧失朋友对你的信任。但你最好只是表明立场，不到必要的时候，别参与把人家砸成"变形金刚"的行动，更不能将对方妖魔化。其次，不要在无谓的纷争中浪费精力，作为"老油条"

的你，要力争在两败俱伤中使自己不受牵连。其实，商人的这种处世哲学，本身就是原则性和灵活性的结合。

记住：除非万不得已，有背弃"恩师"的危险，就不要掺和政治派系纷争，否则你的命运就要看两派之间的交锋结果了。而一旦卷入其中，再想赎身，万难，万万难！

【把商业利益寄托在有派系纷争的任何一方都是危险而不明智的】

不要收受你下属的贵重馈赠，
不要与下属发生经济往来

是怎样的力量，将千里堤坝一点点侵蚀？是怎样的钝刀，一点点割去你强健的肌肉？是怎样的诱惑，让你悉心坚守的名誉毁于一旦？是来自下属的贵重馈赠和商业贿赂。

俗语说："君子爱财，取之有道。"但来自下属馈赠这条"道"最好别走。你不要不以为然，不要以为这是风土人情。金钱、古董、字画或女人，说好听的是所谓"雅"与"俗"的区别，但其本质都逃不出"利益"的范畴。无论是国企还是民企，下属给上司送钱、送物、甚至送女人，上司欣然接受，这样的企业，价值观一定出了问题，企业文化更是无从谈起。如果员工们争先恐后地与老板搞关系，谁也不将自己的本职工作当回事，企业的风气怎么会好？如果送钱、送物、送色就能把你"搞定"，那么"拍马屁"就成了你的企业文化，你的企业肌体就会被注入毒素，在马屁声中慢慢走向衰竭。

◎老板与下属发生经济往来，是在吃裹着糖衣的毒药

商人千万不要与你的下属发生经济往来。否则，说轻了你是自毁形象，把自己当成一座大公厕，来者不拒任人发泄，尿浇屎泡任

人涂鸦。说重了是在自掘坟墓，找死！

第一，无论怎么说，只要你与下属发生经济往来，就难免被人指指点点。在外人看来，你们的交情不浅，你们交往中的诸多"猫腻"，会遭到其他下属的嫉恨，更不乏对你的怀疑和指责。

【与下属经济往来的尴尬】

第二，人性使然。你一旦与下属有了"猫腻"，必然会对他产生同情、怜悯和关照之心，包括他干点出格的事也会网开一面。假如这种同情、怜悯和关照成为一种习惯，送礼人一旦触犯党纪、政纪和国法，你难免牵连其中。这无疑是作茧自缚，带着枷锁跳舞。

利益分配的合理性都是相对的，大多数人会把送礼当作是一种"投资"，如同商人投资是为了获得利润一样，往往送礼人的初衷是想得到比礼物本身更大的回报。因此，送礼或受礼就成为一把"双刃剑"。此外，你与下属的经济交往不能等同一般的社会交往，它可以使你们的关系非同一般，也可能让你们的关系充满"火药味儿"。更可怕的是，你无法预见这种经济关系所带来的一系列连锁反应。记住，无论是上级、下级还是同级，他们既是支持你、帮助你取得成功的动力来源，也是能把你拉下马的直接力量。俗话讲："吃人家嘴短，拿人家手软"。"拿人钱财，替人消灾。"只要你收受了人家的贵重馈赠，就难免走路腿软，说话嘴短。

不可否认，礼尚往来是当今的时尚。其实，完全拒绝同事之间的生日祝福、医院探视、红白喜事等往来，既不现实，也有些不近情理。关键是一定不要将不可避免的礼尚往来"庸俗化"，一定要在该说不的时候敢于说不！千万不能被受之有愧又却之不恭的心理所左右，过于考虑情面，不好意思拒绝。更不能有"不要白不要，白要谁不要"的占小便宜心理，喜欢占小便宜的人，早晚要吃大亏。

送礼的人，可以划分为两大类。有一种人，是发自内心地感谢你，送点礼物只是表表心意，这样的礼物如果不收下，可能会伤害他的感情。这种情况，只要他送的不是现金，你尽可以收下，并适时地回赠给对方一些价值相仿的礼物。这样做会让对方感到亲切和温暖，会拉近你们之间的距离。还有一种人，给你送礼就是别有用心，商业企图十分明显，送礼就是为了搞定你，利用你的"关照"达到某种目的。这样的礼物你死活都不能要。你一定要清楚，他送的不是"礼物"而是"毒药"，吃了必死无疑。这种人送礼时表现得五花八门，有的送礼时暗藏着摄像机、录音机或者回家记黑账。如果有一天，当你没能满足他的要求时，他就会站出来，做你的"污点证人"，检举、揭发、出庭作证，非整得你死去活来不可。有的送礼人，当着你的面毕恭毕敬，但是，出了你家的门就会手戳你的脊背，骂你个狗血喷头，让你在员工面前声名狼藉，威风扫地。

虽然不能轻易接受下属的馈赠，但是，你却可以对下属广施"小恩小惠"，说白了就是"收买人心"。你可以经常给身边的员工一些小礼物，比如一本书、一支笔或一张生日贺卡，以此来沟通感情。但是，当老板的绝不可以收受员工的现金和贵重礼品。逻辑就是这样，得到就是失去，失去往往就是得到。

◎要和自己的下属保持4：3：3的关系

商人要与自己的下属保持一种平衡关系，具体讲，就是要形成一种"四分尊重、三分利益、三分敬畏"的关系，这应该是一种比较理想的老板与员工的关系。

这里主要谈四分尊重。尊重是相互的，尊重别人是第一法则。

《圣经·马太福音》中讲到："你希望别人怎样对待你，你就应该怎样对待别人。"对下属的尊重，至少是四分，可以多些，但不能少于四分。良好的人品是受人尊重不可或缺的因素，不能有亲有疏，处理问题对事不对人。因此，一要谦逊，不要把自己的业绩经常挂在嘴边大吹大擂，或不断去张扬自己的"实力"；二要守信，使人以信，重视信用与名誉，是做商人的根本守则；三要自信，凡事都要抱有希望，充满自信。相信自己一定能成功，是通往成功之路必备的心理素质。

你与下属之间的"四分尊重"，是建立和谐关系的基础。每个人都有自尊心，员工也不单是靠工资来调动积极性的纯粹的经济人，而是渴望被人尊重、被人需要的社会人。但有一些老板，常喜欢摆架子，挑剔员工的不是，在众人面前指责下属，而没有考虑是否会伤害员工的自尊心。其实，只要对调一下角色，设身处地为员工想一下，讲几句关心的话，就可以收到许多意想不到的效果。一次，有人夜里偷偷进入三星总部想盗取商业机密，被三星的一名清洁工发现，由于清洁工的殊死搏斗，三星的商业机密保住了。当记者问清洁工为什么会如此勇敢地维护企业利益时，清洁工说，他在打扫卫生时，三星总裁只要从旁边经过，总不忘称赞他一句："你打扫得真干净。"正是这些使他非常感动，愿意为企业付出全部。

现实生活中，虽然有很多管理者把尊重挂在嘴上，并用一些制度体现出来，但更多不尊重下属的行为却随处可见。如听不进下属的意见，对下属的能力和为人总抱有怀疑的态度，看不到下属的成就等等。有的甚至对下属颐指气使，把下属当"小弟"或"丫鬟"，动辄破口大骂，一副"我是老大我怕谁"的样子。这种老板自以为是员工的"衣食父母"，可是就算你是"地主"，家里良田万顷，没有"长工"给你干活，你也只能喝"西北风"。

所以我建议，当老板的在抽屉里放一面镜子，在面对下属之前，把镜子拿出来照照自己的脸，想一想自己能不能接受别人拿这张脸对待自己，如果觉得还不错，没什么不舒服，再把这张脸呈现在下属面前。

不要和与你有利益
冲突的女人有暧昧关系

女人是水，温柔而甜美。水做的女人，对于不谙水性的男人，可能意味着危险，弄不好还可能会淹死你。我这么说，只是从商业冲突角度讲，不存在什么偏见，也绝无贬低女人之意。

我说的这些女人包括：与你有生意往来的女客户；在你手下工作的女职员；你同事的女家眷或女朋友；以及与你有商业关系的政府机构、职能部门里的女公务员。其实，商人心中一定要清楚一个道理，跟你亲密接触的任何女人，都可能与你有利益冲突，因为你是商人。所以，你千万不要与这些女人发生暧昧关系，这是商人不可进入的"红灯禁区"。

◎切莫陷入文化的误区

几千年来的中国文化，可以说是酒文化，也可以理解为男人的文化。也许是人类繁衍的需要，男人被赋予的社会角色烙着传承和延续的印记，骨子里天生就有强烈的驾驭和主宰事物的本能。男人或许被放纵得太久了，也可能因为雄性激素分泌过剩使然，他们都羡慕古代的皇帝，不仅有三宫六院、七十二嫔妃，还能看上谁就"泡"谁。有的男人振振有词地说："大丈夫存于天地之间，所争之物无非两样，一是江山，二是美人。"民间亦有"是真英雄，才真风流"的说法。这些所谓的"男人经",经常被后人所引用,也成了那些"情种商人"的借口:我是英雄,当然要……好家伙,理不直气还挺壮。

看来,男性商人身上的某些东西,一有机会就冒头,而且能为冒头找到充分的理由和依据。现如今,你随便到书店里看看,专门描写"内分泌失调"的书籍铺天盖地,把一些男人鼓捣得口干舌燥,蠢蠢欲动,欲罢不能。所以,现实生活中,有些商人亲近女人比上公共汽车还随便,玩起了家中红旗不倒,外面彩旗飘飘的游戏。说实在的,这些商人的智商比水母还低,完全忘记自己还是个商人,忘记了商人的基本任务和目标。有些商人的商业成本是女人,商业利润还是女人,他们不计后果,在女人身上大把花钱。原江西红星集团董事长、总经理付建军,曾经的"全国五一劳动奖章"获得者,为了博得一个妙龄少女的欢心,竟然疯狂挪用了1400万元公款,拖垮了企业,自己也身陷囹圄。

◎爱谁都不要爱上你身边的女员工

如果你不小心逾越了"雷池",从此,你企业的人际关系就"复杂"了。你将永远摆脱不了这种"复杂"的困扰,最后导致你失败的,可能就是这种"复杂"的关系。所以,你万万不可爱上你身边的女员工。

第一,你了解她的脸蛋儿,不一定了解她的内心和品行。无论你们之间谁是主动的,结果几乎都一样。没有一个"她"不认为自己是在付出,理应得到足够的回报。而这种付出与回报,并非全是感情上的,可能还掺杂着些许物质需要和利益索求。况且,人的价值观念千差万别，利益要求也不同，她要是把你当成"长期饭票"，那可怎么办？我很怀疑你能长期专注于她。你想想，你和你老婆从恋爱到结婚生子，感情的发展已由年青时炙热的爱恋升华为日渐淳厚的亲情，激情和浪漫越来越少，取而代之的是琐碎平淡却温暖真实的家庭生活。其实你和别的女人的炙热也会日渐降温，这就是生活，真实的生活。也许是人性使然吧。

【男人要约束自己，去寻找一种低能量的生活方式】

第二，你应该感到"荣幸"，你周围的女人，可能不止一个看上了你，你只对一个好，那还不闹翻天。记住：你可能找得到不吃饭的女人，但绝对找不到不吃"醋"的女人。争宠的结果是什么？这些不便说出口的内心活动，最终的爆发一定是爆炸性的，充满无限的想像空间。

第三，如果"她"是个不安于寂寞，喜欢被人仰慕，时不时还要发号施令的主，那你的麻烦就更大了。你和她一下子就会成为漩涡中心，两个人的"糗事"将会经常成为员工茶余饭后谈论的话题。这确实"活跃"了办公室的工作气氛，但是，你昔日的光环会一点点褪尽，你的工作会有莫名其妙的阻力，你的威信也会在无声的目光中渐渐消逝。

第四，即便是两情相悦，日久天长，你对她一旦照顾不周，或者心猿意马想"下船"，极容易导致你们之间关系的恶化。她会转眼间从依人的小鸟变成凶猛的苍鹰，在你的软肋上施以痛击，弄不好就是两败俱伤。情人一发怒，老婆一折腾，员工一起哄，上级一批评，你怎能不呜乎哀哉？怎么样，是不是有种登上巅峰后虚脱的感觉，是不是想由衷地说一声：算你狠！

◎约束自己，去寻找一种低能量的生活方式吧

如今，你看看招聘启事，有些公司满世界招聘女秘书，要求还挺"严格"。单就秘书而言，无论国企还是民企，我都不主张选用女秘书。道理很简单，作为"种子"的你，不要主动制造适合种子生根发芽的温度和湿度，否则，你就有"故意"的嫌疑。此外，女秘书对你的事业极有可能是"安全隐患"，往往她惹的事可能比干的事还要多。其一，她给你带来赏心悦目的同时，也会带来你的上级、同僚或客户的猜疑和嫉妒，进而影响你的商业威信；其二，爱美之心人皆有之，一个美女秘书在你面前晃来晃去，保不齐哪一天你约束不好自己；其三，漂亮的女秘书，会招来许多追随者，对你的工作形成骚扰，也会给你带来无穷的烦恼。

女人天生是尤物。平心而论，在美女面前，男人很难心无旁骛，除非你不是雄性。但是，人是有思想、有自制力的高级动物，短暂的人生没有多少激情供你胡来。作为商人，对男女之间的事，一定要保持冷静，把握住分寸和自己的心态。我建议你打打球，多做一些有益身心的体育运动，这要比你深陷男女是非当中所消耗的能量少得多。记住：你企业的成长壮大以及你家庭的温馨指数与你"内分泌"系统的活跃程度成反比。既然如此，是真英雄就非得过这个美人关不可。

不要对你亲密的
女人讲你的商业细节

如果你是一个聪明的商人，你的商业细节就不要让别人知道，即便是直接参与生意的下属，也不要让他知道经商的全部过程。涉及商业秘密的工作，最好是分段管理，部门之间不要交叉，这一点可能不难做到。但有些商人在自己亲密的女人面前，往往口无遮拦，鸭子嘴就没有把门儿的了，把惯常的严谨作风和商业规矩统统抛在脑后。

◎虚荣心的俘虏

有些商人为什么愿意在女人面前显摆自己？探究一下他们的心理活动，倒是一件值得玩味的事情。其实原因很简单，就是虚荣心在作怪。一是想让女人感觉到他比别的男人更"出彩"，有意识地打造浪漫空间。二是生怕她们不知道自己是鸡窝里的凤凰、羊圈中的骆驼，进而提升自己的魅力指数。三是借机炫耀自己的财富和地位，希望女人给予更多的"麻辣烫"。第四个原因有点可悲，就是喜欢看她们听童话般的眼神和反应，寻找飘飘然的领袖感觉。一句话，他想得到的无非是女人的迎合、奉承和献媚。此外有一种情况，虽然有点底气不足，却情有可缘，就是想用倾诉来释放精神上的压力。以上种种心态纯属病态，是商人的虚荣心在作怪，绝对需要心理辅导。

◎化神奇为腐朽

你的商业细节，是你的管理团队商业运作的轨迹，它包含大量的商业秘密，在外人看来，它莫测高深，无法捕捉。那些细节应该永远戴着神秘的面纱，轻易不要吹糠见米，雾散云开。你和你亲密的女人坐而论道，轻易将商业细节和盘托出，对你的商业计划只能产生不利的负面影响。第一，你说的商业细节她未必听得懂，因为你们之间的通话频道不在一个波段上，没法做到真正沟通，只能把她说得口眼翻白，为你捏一把冷汗。第二，你的商业活动很可能将相关政策用到极限，谈论商业细节，会暴露你的欲望和企图。这些看似铤而走险的商业细节，会让天性心细胆小的女人为你担心，进而善意地干扰你的商业活动。第三，你一定要防止与你最亲密的女人翻脸。在此之前，你跟

【不要对你亲密的女人讲商业细节】

她说的商业细节对她可能只是个浪漫的故事。如果有一天，你和她弄掰了，那等同于你事先在自己的体内植入了"木马"程序，她会用各种手段搅你的局。第四，大多数女人的心态不稳，似乎她们的舌头与快感相连，总愿意把话倾吐殆尽（我这样讲绝不是大男子主义），她说，"不给你说出去"，第二天就可能一不小心忘记了自己的承诺，你的秘密将可能不再是秘密了。

◎亲密并非无间，商业细节必须卷而藏之

商场中的博弈，不管是开局还是收官，如果你确认自己的团队能处理好这些商业活动，而你也不想让她做你的参谋助手，你的商业细节，就不要让她知道。亲密不代表无间，感情生活尽可以毫无保留，有时候为博取美人一笑，甚至可以抖落出平时藏在内心的

【亲密并非无间】

57

其他小秘密。但说商业细节可不比插科打诨逗乐子，在你透露给她商业机密的时候，不仅将压力给了她，而且也将保守秘密的责任强加在她的头上，女人会为了你而做出她认为合适的举动。但由于她不具备和你一样的商业素质，她认为合适的举动也许会给你带来麻烦，甚至导致你在商业活动中使出昏招。

春秋时期，郑庄公死后，小儿子郑厉公继位，但当时大臣祭足是郑庄公时代的重臣，傲气而专权，把郑厉公架空了。祭足的女婿雍纠是郑厉公的亲信大夫，于是郑厉公就和雍纠谋划杀掉祭足。但是，雍纠是老实人，在妻子面前不会演戏，神经兮兮的举动引起了妻子的注意，被妻子一盘问，就把密谋杀人之事和盘托出，并要妻子为自己保密。谁知，妻子马上把这件事告诉了父亲。祭足将计就计，设下圈套，最后雍纠反倒被祭足杀了。密谋失败后，郑厉公叹道："谋及妇人，宜其死也（听老婆的话，活该他倒霉）。"政治斗争常常也是商业斗争的镜子，这跟军事上的任何准则在经济上同样有效是一个道理。

所以，你必须有意识地管住自己的嘴，涉及商业细节的问题必须卷而藏之。当然，前面提到，你也应该有点现代管理者的风情，在女人面前，家常里短的事你尽可能舒而展之。

记住：你的商业细节最好跟谁都不要说，特别是不要和你亲密的女人说，无论这个女人与你的关系多么好，无论是红颜知己，还是结婚多年的妻子，都不要和她们谈论你的商业细节。

想别人没想过的事——大事，
做别人做不了的事——难事

　　一般来说，敢花钱、会花钱的人，才可能干成大事；小肚鸡肠、抠门吝啬的人，不会有什么大出息。一个集团公司的一把手，是管商人的商人，应该高瞻远瞩，像高傲的苍鹰翱翔苍穹，俯视大地，不能像井底之蛙，只盯住头顶上巴掌大小的天空。总的来说，就是要想大事，做难事。所谓大事就是决策、用人、构建企业文化。所谓难事就是别人做不了的事。看来，一把手的职责最好写，只需一块钱纸币大小的篇幅就可以囊括。然而，一把手不好做，有人追求几十年，退休以后还没有揣摩明白其中的真谛。

◎老是对别人不放心，事无巨细必躬亲——累死你

　　企业发展到一定规模，一把手一般有两种活法：一种是忙着"活"，就是想大事，努力给企业创造继续发展的大环境；一种是忙着"死"，就是事无巨细必躬亲，像个巨大的陀螺，在本应属于别人的舞台上疯狂旋转，而别人也只能给你腾地儿，站在边上看你表演。但是，就算你的体能再好，也架不住这么卖劲地折腾。

　　聪明的商人，在能把握全局的前提下，不去追求事必躬亲，不能把自己搞得没有时间与朋友交流，更不能让自己没有时间休闲。

最要紧的是，不要让自己没有时间放松和思考。如果你能做到将工作当成"游戏"，将锻炼身体当成"工作"，你就达到了集团掌门人的最高境界了。换句话说，在一般人看来，你似乎无为而治，而这种"不作为"就像放风筝一样，任那风筝在空中遨游，控制它的那根绳子一直在你的手中。所以，贤达商人应该学会让别人帮你打点生意，处理业务，但业务的核心部分你必须牢牢掌控。同样，把事情交给别人去做的风险，你要考虑清楚并能够预防和控制，避免把事情交给别人以后，你自己又变成了一名忙碌的救火队员。切记：消防和救火是有区别的，消防的口号是"消防结合，预防为主"，救火则是"死后验尸"，无可挽回。

诸葛亮可谓是一代英杰，为后人广为传诵的赤壁之战、空城计等，莫不显示其超人的智慧和勇气。然而他事事亲为，乃至"自校簿书"，亲自核对账目，"夙兴夜寐，罚二十以上皆亲揽焉"。对手司马懿就评价诸葛亮说："孔明食少事繁，其能久乎！"果不其然，诸葛亮终因操劳过度年仅54岁就"星坠五丈原"了。相比曹操享年66岁，刘备63岁，孙权71岁，诸葛亮真的算是英年早逝。他为蜀汉"鞠躬尽瘁，死而后已"，留给后人诸多感慨。试想如果诸葛亮将众多琐碎之事合理授权于下属处理，而只专心致力于军机大事、治国方略，"运筹帷幄，决胜千里"，又岂能劳累而亡？而若不是诸葛亮"保姆"当得太过于"到位"，又岂能导致刘备白帝城托孤成空，阿斗将伟业毁于一旦？

"条条大路通罗马"，只要问题能够有效解决，你大可不必具体处理繁琐事务，而应授权下属来全权处理。因为在某些领域里，你的下属一定比你专业，能够找出更科学、更有效的解决办法。你只需要注意与下属保持沟通与协调，采用"关键会议制度"、"书面汇报制度"、"管理者述职制度"等有效方法进行监控。只要你的掌控措施得力，失控的概率其实很小。

◎一把手的精髓＝决策＋用人＋授权

上面说过，你千万不要深陷具体事务当中，而忘记了自己作为领导者的责任。否则，你会像一只陷入迷幻状态的猫，追着自己的尾巴无休止地运动，直到精疲力竭地倒下去，才明白那原地打转的荒唐。一把手的思维应该具有战略性和前瞻性，思考的应是全局性、综合性的问题。其真正作用在于恰当地处理和组织协调问题，充分发挥组织成员的潜能，调动全体成员的积极性和创造性，齐心协力完成工作目标。领导者要善于决策，善于用人，善于授权。正确的授权要坚持"三要三不要"原则，即要授权给直接下属，不要越级授权；要决策引领、检查督导，不要事必躬亲、事事干预；要随时了解工作进度，不要"以授代管"大撒把。一句话，一个聪明的商人，是要"用精神统领人"、"用思路指导人"、"用制度约束人"、"用满足需要激励人"。也就是说，成功的管理不需要领导者事事亲为，而是通过适当地授权，让下属充分发挥积极性和创造力，从而实现自己的目标。再说白一点儿吧，你是猎人，不是猎犬，用不着用拼命奔跑来博得主人的赏识和认可。你应该像神父般控制和引领你的下属，而不要像巫师般蛊惑你的员工。也可以说，你应该努力成为员工的精神寄托和依靠，而不要成为永不停歇，忙得团团转的"小媳妇"。

相反，如果你大权独揽不肯撒手，兢兢业业事必躬亲，你的下属就会变成毫无主见的太监，只能点头哈腰唯唯诺诺，工作的主动性和创造性会变得越来越疲软，甚至完全丧失原有的生猛。如果你的下属都变成手持拂尘站在皇帝身后的太监，那么，你还是商人吗？

西汉时期，周勃任右丞相，陈平任左丞相。一日，皇帝刘恒问，全国一年审决了多少案件？全国一年的财政收支有多少？右丞相周勃支支吾吾，汗流满面，答不出来。刘恒又问陈平，陈平说："这些事有人主管。"刘恒问："谁主管？"陈平答道："陛下要了解司法问题，可以问廷尉；陛下要了解财政收支，应当问治粟内史。"刘恒又追问："如果什么工作都有人主管，那么你管什么？"陈平答道："宰相者，上佐天子，理阴阳，顺四时，下遂万物之谊，外振抚四夷诸侯，内亲附百姓，使卿大夫各得其任职也。"皇帝听后非常满意。陈平说的意思是，宰相的职责是适时制订可行的政策方略，使各级公务人员都能尽其所能，因而四海升平，百姓安居乐业。也就是说，宰相只管大事，不问小事。

◎选对人，用对人，你就可以闲庭信步了

"天下大事，必作于细；天下难事，必成于易。"毛泽东曾指出："领导者的责任，归结起来，主要是出主意、用干部两件事。"如何想好思路、出好主意、用好干部是所有工作的重中之重。从一定意义上讲，关键在用人。只有选好人，才能放开手。

【想别人没想过的事，做别人做不了的事】

用好一个人等于树立了一面旗帜，可以激励更多的员工奋发进取 ；用错一个人则会挫伤许多员工的积极性和事业心。这就要求集团企业的领导者，在选择子公司和分公司领导的时候，要坚持"两个标准"和"四项原则"。两个标准是政治标准和生产力标准。四项原则是：第一，选拔任用的人要具有大局意识，心胸要开阔；第二，要有参政议政的能力，敢于决策和善于决策；第三，要有与人和谐相处、善于培养人、带动人的能力；第四，有较强的责任感和事业心。

在选人的方法上，一是坚持任人唯贤。要坚决克服在用人问题上的论资排辈、以人划线、任人唯亲，以及搞小团体、小圈子等错误行为。要树立任人唯贤、五湖四海、唯才是举的观念。二是坚持"相马"和"赛马"相结合的方式。选拔人才可以通过"伯乐相马"的途径，也可以通过"公开赛马"的办法，"赛马场上选良驹"。二者要相互结合，扬长避短，也就是说，既可以通过领导推荐、组织考核的方法发现人才，也可以通过公开选拔，竞争上岗的途径选聘干部。

古人云："不谋全局者，不足以谋一域；不谋万世者，不足以谋一时。"一个商人要胸有全局，抓好大事，善于解决全局性、战略性、方向性的问题，决不能眉毛胡子一把抓，忙得不可开交，却事倍功半，得不偿失。同时还要善于弹钢琴，不能唱"独角戏"，跳"单人舞"，必须在选好人的基础上，放手让下属参与各项经营管理工作。这样，你就会过得很惬意，既不是忙得团团转的"小媳妇"，也不是上蹿下跳忙得不可开交的"消防队长"。

国企商人一定要认清
权利的有限性，责任的无限性

有位哲人将人类的经济行为划分为四大原始类型：一是花自己的钱，为自己办事，既讲节约，又讲效果；二是花自己的钱为别人办事，只讲节约，不讲效果；三是花别人的钱为自己办事，不讲节约，只讲效果；四是花别人的钱为别人办事，既不讲节约，也不讲效果。

从纯粹的市场角度来看，企业管理应该是一个责权利相统一的体制设计，即企业管理者有多大责任，就应该被赋予多大权利，有多大的业绩和贡献，就应该获得多少相应的利益回报。但这一点在中国经济转型的背景下却大多是失衡的。国企管理者们往往是手中握着"有限的权利"，肩上却扛着"无限的责任"。多讲付出和贡献，却避谈回报，把企业管理与人力资源的市场化配置对立起来。这种发生在转型期国有企业管理者身上的"收支不平衡"现象，绝不是"时有"，而是一个普遍现象。

◎权利诚有限，责任价更高

在国企改革二十多年的过程中，国企管理者们除了具有市场逐利冲动外，更重要的还在于他们具有一种社会责任感和历史责任感。在国企领导中，尤其是正职，他是党委或行政班子的牵头人，接受出资人（董事会或国资委）的授权，在授权范围内行使职权，是日常工作的主持人，是方针政策的把关人，是一旦出了问题，将被司法和行政追究的第一责任人。这个"追究"就决定了国企商人的权利和责任是有限和无限的关系。说这种权利有限，就在于它受制于各种程序和规则，而不能像民企那样对经营活动随心所欲，完

【权利诚有限，责任价更高】

66

全体现个人和股东的意志。说这种责任无限，就在于它的内涵和外延包罗万象，就连职工的生老病死、计划生育都要管。其责任的无限，远远超出了商人的职责范畴。

民企商人的经济行为大都可以归纳到"花自己的钱为自己办事"这一类，因为，民企的荣辱兴衰与民企商人的身家性命息息相关。所有制决定的投资机制和责任机制，迫使民企商人不得不为自己的钱而去降低成本，追求效益的最大化。他们手中掌握"无限的权利"，同时也承担着"无限的责任"。

而国企商人，花国家的钱为国家办事，行使的是"有限的权利"，但承担的却是无限的责任，要在经营管理中取得类似"花自己的钱为自己办事"的经济效果。在民企你可以"将功补过"，而在国企只能立"功"却不能有"过"。

所以，国企商人千万要记住自己的身份。你不是企业的主人，你只是国有资产的看护人。你不要以为你曾白手起家，从无到有，从小到大，将企业发展起来了，为企业积累了财富，就能如何如何。即使改革开放以后，有的企业注册为国企，而国家却从没投过一分钱，全凭国企商人自己打拼挣来家业，但你也要记住自己的身份，你是国企，虽然国家没有投资，但国企的身份不容挑战，不要坐在国有体制上，而想获得民企的个人利益。即便你在创业的过程中为国企赚了几十个亿，把这个家填得满满的，但如果你拿了理上合情，而法却不容的钱，哪怕一万两万，你都得进监狱。法律不会将你曾经的"功"，去补你今天的"过"，所以国企商人不能用手中"有限的权利"去谋求"无限的利益"，只能去承担"无限的责任"。

◎轻易不要突破权利的底线，去趟国企所有权的雷池

在大多数发展势头良好的国企里，那些企业里的"强人"把自己的DNA烙在企业的每一个角落，企业往往因其正确决策、经营有方而兴盛，自然也会因其决策失误、管理不到位而衰落。对于那些成功的企业，在我们的记忆里，企业品牌往往与其创业领袖的名字密不可分，譬如：海尔张瑞敏、长虹倪润峰、联想柳传志。对于这样的企业领袖，用"奉献"这个词来形容他们最恰当不过。因为他们的分配所得与他们的付出相比，显得有些失衡。他们毕生"奉献"自己的动机无法用市场经济的法则来解释，只有从民族情怀和理想主义的角度出发，才会找到一个具有中国特色的合理性解释。

但是，即使最优秀的企业领袖也难免会有一时闪失，不是所有的管理者都能承担起"有限的权利，无限的责任"。今天，张瑞敏唯恐决策失误，柳传志如履薄冰，倪润峰潮起潮落，如果没有良好的机制，谁又能保证他们的企业明天依然美好？

因此，对于国企商人而言，如果浮出水面，大抵有三种命运：一种是不断推动企业战略大突围，成为中国的标杆企业和人物，联想的柳传志、TCL的李东生跻身此列；一种是企业经营得法，由著名企业家，摇身变为政府官员，如中海油老总卫留成，转身成为中国最大经济特区的带头人；还有一种是陷入历史的循环之中，成为悲剧人物。从红塔集团的褚时健到健力宝的李经纬，这样的"沉沦"，交织着体制和人性的搏斗。

三九集团的例子极具代表性。20年前，赵新先创办三九集团并迅速崛起于南方，成为医药行业极富进取心的企业。赵新先曾经与柳传志、陶建幸、卫留成这些人物一道，作为中国大企业的代表，亲赴美国聆听杰克·韦尔奇的授课。三九成为中国举起学习GE旗帜的少数几个大企业之一，但赵新先始终没有解决三九体制出身的根本问题。越是学习GE那动人心魄的多元化，就越会在缺失规则和底线中沉沦和绞杀，最终演变为对企业的失控。结果，赵新先不断滑入历史的陷阱，要将党委书记、总裁、董事长、CEO兼于一身，才能勉强掌控企业。

赵新先2004年被免职，时隔一年被抓，与此前的伊利郑俊怀、红塔集团褚时健这些案例之间都有某种必然的联系。这种"悲剧"式的结局，实际上反映的是国企上市公司所有权缺位的问题。虽然有董事会，但最终是形同虚设，所有的重大决策仍然是"一把手拍板"。"一把手"也把这种权利无限放大，最终越过了国企商人的权利底线。

褚时健最终获罪，李经纬不了了之，赵新先没能全身而退。没有人能够否认他们对于企业的影响，更确切一点说，没有人能否认他们在企业内部所享受的巨大权力。许多时候，在外界的眼中，他们的名字往往和企业划上等号。对企业无与伦比的贡献和在此基础上产生的诸多大权系于一身的事实，使人们强烈地感受到，企业就是他们的帝国，这样的企业是"一个人的企业"，从而忽视了其事实上的国有性质。他们可能什么都想过了，就是没想到自己是国企商人，他们的权利应该是有限的，只有责任才是

无限的。

　　悲剧于是总以激烈的方式提醒人们，不要忘了国有企业的所有权这个永恒的雷池，否则，轻则企业家个人的命运天翻地覆，重则企业灰飞烟灭。褚时健不是第一个，赵新先更不是最后一个。他们曾经或现在是"天使"，但是你不知道什么时候他们会被宣布是"魔鬼"。无法否认，出资人缺位使得许多国有企业事实上长期处于经营者个人或者内部人控制之中。对于创业者个人色彩浓厚的国企来说，尤其如此。对于许多劳苦功高的创业者来说，让他们接受真正的监督是种奢望，而他们也已然习惯了在自己的企业帝国里独断专行。褚时健如此，李经纬如此，赵新先同样如此。

　　看来，国企商人享有有限权利，承担无限责任绝不是国企商人的自我解嘲。因为，国企本来就不是锻造勇士的地方。国企商人如果有啥非分之想，只有两条路可以选择，要么早早"解甲归田"，投奔民企或自己创业；要么踏踏实实当好"红管家"，把握好有限的权利，承担起无限的责任，将你的国企办成观察民企飞速发展的参照物。

商诫 *shangjie* 14

正确处理好
后任与前任的关系

    无论国企还是民企，只要你不是创始人，都会面临后任接替前任的问题，这就像运动场上的接力赛，需要一棒一棒地往下传。如何处理好后任与前任的关系？无论是为了事业的健康延续，还是出于做商人起码的职业道德，你都要"紧睁眼，慢张口"，少说多看，切忌口无遮拦夸夸其谈，对前任即兴评价。

    后任对前任的态度直接影响两个人的关系，而处理不好，大多都是后任的责任。其实，如果前任没有什么怕被揭穿的旧账，与后任关系是否和谐，对前任来说，已经没有太多的实际意义，只是一个面子和心情的问题。但是，对于后任来说却至关重要。它关系到你的声誉和形象，关系到企业的各项工作能否健康延续。说严重点，是衡量后任是否有领导水平、是否有商业道德、是否有大家风度的重要标志。

    一般而言，处理与前任的关系有两种方法，一是"骂法"，二是"敬法"。因为无法回避，所以没有回避之法。或骂或敬，凸显出几多人情世故，同时，也是在向你的上司和下属显示你的素质和肚量。"骂法"好理解，简单易行，那就是将所有的困难和麻烦全部推到前任身上，骂前任一无是处、一塌糊涂，骂他个

狗血喷头，批他个体无完肤，自己则打扮成身披袈裟双手合十的如来佛，企业和员工的"救世主"。这种方法见效快，但"成本"高，你要有承受"后果"的心理准备。而"敬法"确实需要有点大家风范，不是一般人所能为。当然，"敬"也不是无原则的恭敬，应该坚持"仁义、厚道、原则"六字方针。因为，对前任个人而言，卸任后所需要的不过是起码的尊重，注重的往往不是利益，而是所谓的"面子"。他的要求不高，后任只需要对前任仁义点、厚道点就够了。原则是要坚持，这里讲的原则，是对前任留下的 "旧账"而言。尊重不能失去原则，坚持原则又不能让前任难堪，关键是拿捏好这个度。

◎ "骂法"固然"有效"，负作用不可小觑

美国某前总统卸任的时候，给后任留下一个"锦囊"，上书："遇到解决不了的困难时，将责任推给前任，狠狠骂一顿以后，再着手解决。"其意思无非是一面推卸责任，一面寻求解决问题的办法。

这个方法，经多数人实践后感觉确实有效，主要原因有：一是大多数后任有哗众取宠的心理，都想在老板和员工面前，显示自己与前任不同，那么，"针砭"或"嘲弄"一下前任最方便，见效也快；二是大多数下属都希望在新的领导面前，尽快得到信任和重用（其中不排除前任的对立面），这时，难免有人会用品评前任的瑕疵来取悦后任，而后任一般很难拒绝这种"温馨的马屁"。多数后任在这个时候会飘飘然，觉得自己是受命于危难，要力挽狂澜救企业于水火之中。但殊不知，此刻正是"头戴金冠，脚踩海绵"，弄

【所有的坏事与我没关系】

不好，就会金冠落地，人仰马翻。

有时，"骂"确实有效，但"骂"也是一门艺术。什么时候、什么场合、当着什么人、把握什么度，绝对有讲究。切不可胡骂乱骂，信口开河骂上瘾。否则，人们会渐渐反感，开始怀疑你的人品和用心。甚至还会让你的上司觉得，说不定你也会背后骂他；让你的员工觉得，你像个长舌妇，没有一点领导的肚量和风范。

由此可见，"骂法"虽然简单易行，但要是控制不好节奏，拿捏不好尺度，其负作用不可低估。俗话说，"秦桧还有几个好朋友呢"，你的前任肯定会有几个忠实的支持者。他们对前任的怀念，本来就可能对你的工作产生负面影响，如果你不分场合，口若悬河没完没了的指责前任，很容易引起他们的反感和对昔日的怀念，甚至产生"复辟"的幻想。一旦产生"化学反应"，企业的某些顽症不但得不到缓解，反而可能更加危机重重。

所以，还是不要过多地评价前任的缺点，靠这个不仅抬高不了自己，而且还会给人留下小肚鸡肠的坏印象。其实，即便心中有不满，自己明白就行了，你的上司、下属也会理解你，何必过于责难人家呢？认命吧！谁让你摊上当后任？当然，经常碰到帮前任擦屁股之类的差使，有时会感到很委屈，你不认命又能怎么着呢？"骂"能解决问题吗？

◎要想得到别人的尊重，首先要学会尊重别人

换一种方式来处理与前任的关系，就是"敬法"。

2005年9月，曹国伟接替汪延升任新浪公司总裁之后，描述上任心情时，用了"沉重"二字。当有媒体问："外界普遍感觉汪延在任的这三年，与网易、搜狐相比，新浪的发展没有想像的迅速，甚

【帮前任擦屁股】

至有些落后。"曹国伟回答说："汪延是位有成就的CEO，他的业绩有目共睹，新浪很多业务在发展，盈利情况也有提升，对任何一个后来者而言都会感到有很大压力。不管从哪个角度看，这样的说法都有失公平。"曹国伟巧妙地用新浪的业绩，摆平了媒体的疑惑和对前任CEO汪延的质疑。

尊重前任，对前任的工作给予肯定和感谢，给足面子，不要让他感到难堪。你可以在公开场合，充分肯定前任取得的成绩，告诉大家不要忘记他的历史作用。同时，用实际行动阻止那些不同意见者，以及那些"温馨的马屁"。

记住：这时的前任重视的往往不是利益，而是面子，是你对他的评价。若要纠正前任的过失，最好事先通报，尽可能求得他的理解后，再实施你的新措施。因为他的影响还在，他的支持者还在。如果给予前任足够的尊重，正确处理好彼此的关系，就会变被动为主动，前任的支持者会自然而然地接受你，成为你开展工作的重要资源。卫留成在海南任省长两年多，没有说一个新思路，也没有喊一个新口号，而是埋头苦干，清理历史旧账，并从旧账中发现许多"黄金"。在他看来，能够把历届前任的精华汲取，保持好延续性，然后把这些没做完的事干成，就行了。

有所失才能有所得，有所拒才能有所取，这是生存的智慧，也是生活的辩证。此中道理，也许无人不知无人不晓，但"知"和"晓"，对多数人而言，大都停留在观念理解的层面上，一旦面对现实，尤其给你带来麻烦的现实，往往很难保持冷静。对前任的"敬"就是这样，需要你拥有海纳百川、有容乃大的宽阔胸怀。确实，面对前任留下的"烂摊子"，还要"敬"？你可能在情愿不情愿、甘心不甘心之间徘徊，这确实考验你的忍耐力。但是，不去计较前任一般的"过错"，并尽可能为其不严重的错误"买单"，你会收到意想不到的结果。当然，你也不能温柔过了头，不管大单小单照单全收。对于特别重大的问题还是要讲原则，该纠正的要纠正，只是尽可能注意方式方法，尽可能给前任留足"面子"罢了。只要你对前任尽量"敬"，你就会在"敬"中领略被敬，就会有意想不到的收获。不但你的任期内会减少许多莫名其妙的麻烦，而且会令前任感到欣慰和受人尊重，得到前任朋友们的敬重和友谊，以及忠于前任的下属的信任和支持。在他们的帮助下，面对前任留下的"旧账"，还可能化腐朽为神奇，而这功劳却记在你的名下。这本账完全能做到收支平衡甚至收入大于支出，何乐而不为呢？

　　我主张"敬"！但是，不勉强别人。你可以有自己的选择，但无论采取哪种方式，把握好与前任关系的这门艺术，可以给你带来更多的无形资源，也会为企业发展增添更多动力，同时，也可以激励你的后任者以史为鉴，在尊重中领会被尊重。各位同仁，切莫急着和我争论，当你离任之时，再去体会我说的"敬与骂"的观点，再去谈一谈你对"敬与骂"的感受吧！

中国商人，首先要学会
如何做好副职，认清正职与副职
的区别，然后再学如何做生意赚钱

　　无论国企还是民企，作为领导班子成员的正职与副职，由于职务不同，因而责任、权利与义务也不尽相同。正职肩负的是工作及法律责任，而副职肩负的只是工作责任，他们在工作关系和利益上有着极强的相关性和互补性。然而，一些企业（特别是国企）正职和副职配合不默契，甚至闹矛盾，搞力量对立的拔河赛，主要原因在于角色定位上，各方没有找准自己的位置。而找不准自己的位置，也与他们未弄清正职与副职的职责区别有关。

◎权利与责任不同

国企正职：有限的权利，无限的责任；

民企正职：无限的权利，无限的责任；

副　职：有限的权利，有限的责任。

　　在国企中，正职是党委或行政班子的牵头人，是一旦出了问题，将被行政追究甚至司法处置的第一责任人。但是国企正职的权利是相对而有限的，所承担的责任却是绝对和无限的。民企正职，资本力是他们话语权的标志，他们在资本力的范畴内，享有无限的权利，同时也享有资本的受益权和承担损失的"无限"责任。而无论国企还是民企，作为副职，其实都是协助正职工作的参谋和助手，不独立承担企业的刑事、民事和经济责任，肩负的是正职权利、义务和责任中的分工授权部分，是有限的权利以及有限的责任。

◎考虑问题的角度不同

副职：往往期望正职的言行符合各自的评价标准；

正职：无法使自己的言行满足所有副职的要求。

正职与副职考虑问题的方式和角度不一样。作为正职，他的言行往往具有风向标的作用，所以其考虑问题的角度必须是全局，而

【位置决定想法】

不是某一个方面或具体细节。他要在多个副职及全局工作之间找到一个平衡点，其过程及结果，不可能满足所有副职的要求。作为副职，对分管的工作最熟悉，但许多分管的工作都需要正职的支持、帮助和评价，自然希望正职的言行符合自己的需求和评价标准，而这恰恰是正职无法百分之百做到的。原因在于，正职与副职掌握的信息量不同，看问题的角度不同。这就像看一支铅笔，如果从侧面看，它是一条直线，如果从上面或下面看，它是一个圆点。所以，你现在的位置决定了你现在的想法，当你变换一下位置，你的想法也许会全部改变。

◎工作中扮演的角色不同

正职：是导演兼制片人，要运筹帷幄，考虑全局效益；

副职：是演员，是某一方面的业务专家，应该是执行力的模范。

在企业中，正职承担的是无限责任，他要考虑的事情，除了平衡各种关系外，更重要的是要考虑企业的全局利益，如何实现整体利益最大化。这如同电影导演或制片人，既要准确把握整部戏的安排与投入，又要运用各种技巧和方法，在提升片子的综合效果上大费周折，以保证收回成本并实现盈利。而副职好比是演员，他主要的精力是放在与导演的沟通和对剧本及角色的理解上，尽力把自己扮演的角色演好，至于整部戏的综合效果和经济效益就不必考虑那么多。或者说，他们没有那个必要去"推算"整部戏的商业空间，所以自身也就无法真切地体悟到导演或制片人的难处。

◎决策中面临的法律风险不同

正职：表态往往是最终意见、是决策，并要在合同上签字，负法律责任；

副职：说话是建议，是专家咨询意见，即便说错了，也可以不负法律和经济责任。

在班子集体中，正职总揽全局，是拍板人，最后要在决议、合同上签字。尤其是法定代表人，是第一责任人，一字千金。国企正职，很可能会因此付出承担法律责任的代价；民企正职，可能会因此面对倾家荡产的风险。副职是独挡一面的行家里手，特别是在某些问题上发挥着归其谬误、指点迷津的作用，但总的来讲，其发表的建议都算作专家咨询意见。正职对副职建议的采纳，即使最终发生严重后果，建议人也不会有法律风险，而是由拍板人承担法律和经济责任。然而，有的副职爱犯"偏执"的毛病，建议未被采纳就耿耿于怀。其实，正职是"聪明的笨蛋"，你的建议未被正职采纳，不一定是正职不重视。原因可能是多方面的——正职要权衡各方的利弊和多种不确定因素，包括将要承担的法律和经济风险。一般情况下，副职对同一个建议可以提一次，特别重大的建议可以提两次，没有极特殊的情况不要提三次，千万不要像赌徒似的没有停下来的意思，那就不是建议了，而是执意、有意了。更不能由于自己的建议未被采纳，就像个怨妇一样喋喋不休地抱怨，甚至自作主张、一意孤行。要知道，任何追求权限以外的权利、责任以外的责任的企图都会带来相反的结果——国企会造成班子不和谐，民企可能直接导致副职的"再就业"。

◎处理问题遵循的原则不同

国企正职：遵循"圈文化"，要学会"将就"、"平衡"和"妥协；"

副　　职：遵循"条文化"，只要干好自己的事，可以不管别人的事。

国企正职的"圈文化"是由其所处的核心地位决定的。他要处理好下属无法解决而上交的各种难事，还要引导副职去破译"过关密码"，并影响其他班子成员对此问题的看法，以便能够在会议上形成一致意见，必要时还要争取上级领导的理解和支持。民企正职，也有一个如何向董事会交待的问题。所以，正职要想"泰然处之"，必须贯彻好"上层意图"，制定好"本层决策"，维护好"基层利益"，在其认为必要的各个层面上做好工作，以抵御来自各方面的负面力量。在这个过程中，正职除了坚持原则之外，要学会"将就"、"平衡"和"妥协"，关键时刻还要显示出化腐朽为神奇的功底。副职的"条文化"是与其所处的从属地位决定的。他们可以专心致志地去"罗列"并完成自己分管的工作，别人的事可管可不管。副职在落实分管工作的过程中，可能涉及各方面的关系和利益，除了靠自己协调及在规章制度范围内处理外，必要时还可以把难题"上交"给正职去协调。

正职与副职的职责区别，决定了日常工作中必然会产生一定的摩擦和碰撞，在这方面，大到企业的经营决策，小到日常的繁文缛节，虽说都有着详尽的规定和游戏规则，但要真正落实好，应当说很不容易，毕竟人的个体差异很大。这就要求正职和副职都要设身处地，多为对方考虑，在换位思考上变不自觉为自觉。其实，很多的不协调都与个人性格或者说自身修养有关。因此自我反省很重要，虽不必一日三省，但时常反省和自我检讨还是有益无害的。作为正职，应该既会"弹钢琴"、"打太极拳"，又要像如来佛一样，哪怕你的副职是个无所不能的孙猴子，也永远跳不出你的手掌心。作为副职，要理解正职的苦衷，多为正职分忧，适应正职的特点来开展工作，既显示出自己的专长，又体现出自己的精明和处事能力。从功利层面上讲，哪个上级不喜欢既能干事、又会"来事"的下级呢？

从某种意义上说，团队的配合还意味着某种牺牲。作为企业团队中的一员，尤其是副职，会感到正职的意见有时会与自己的愿望不相吻合。这时你首先要分析一下自己的心态，摆正自己的位置，然后站到正职的角度去分析他为何作出这样的决策，最后从大局出发，尽量理解正职的意图。正职也要经常换位思考，尽可能多体谅副职的难处。只有双方相互包容，相互扶持，工作才会有业绩，才会形成多赢的局面，这对于企业中的每个人都有好处。

《孙子兵法·谋功篇》中说："上下同欲者胜。"意思是说，大家组合在一起，拥有共同的愿望，各司其职，就更具有战斗力，就会百战百胜。兵法如此，治理企业也是如此。

第三部分

自古明君不乏忠臣良将。
慧眼识珠、知人善任是领导们追求的境界。
然而，当能力品德不能兼得时，应当如何取舍？
当理性遭遇人情时，又要何去何从？
当功过面临奖罚时，如何臣服众人？
取决于你的用人艺术。

不要在你的团队里有家庭成员的影子

　　处理身边的人际关系，是商人每天面对，却有可能忽视或处理不好的一门学问。你要想让你的下属死心塌地为你卖命，那么你的亲属最好与你的企业分开，离得越远越好。

◎近亲繁殖怪胎多

　　中日甲午战争，北洋水师全军覆没，清政府的腐败是其根本原因。但是，不能忽视的另一个重要原因，是北洋水师"近亲繁殖"的干部政策。身为清朝重臣的李鸿章，在用人上，老乡观念极重，"安徽帮"一度占据军中要位。在当时流传着这样一段顺口溜："只要会说合肥话，马上就把长枪拷；只要认识李鸿章，长枪马上换短枪。"在北洋水师军力比日本海军还强的情况下，居然大败而归，这其中的原因之一，就是错误的人事制度和用人政策。北洋水师的"董事长"李鸿章任人唯亲，把卫汝贵、龚照屿等不懂海军、又玩忽职守的老乡，安排在重要的"部门经理"岗位上，造成内部管理失控，将士人心涣散，组织失去凝聚力和战斗力，最终导致"企业倒闭"，留给后人一曲肝肠寸断的千古悲歌。

　　历史虽然不会重演，但有时却会有惊人的相似。时至今日，

【近亲繁殖怪胎多】

86

"任人唯亲"式的管理模式仍然在延续，并且在不同的所有制企业中，发挥着不同的作用和影响。

多年来，就业问题一直是困扰中国社会的敏感问题。20世纪60年代末期，知识青年上山下乡，首开社会就业的先河。70年代中期，知青大返城，政府提倡国企兴办第三产业，以解决职工家属就业问题，为此，一场全国性的企业"近亲繁殖"运动开始了。直到今天，一些老牌国企，仍然保留着那时期的"近亲"特征，老子、儿子、老婆、闺女甚至大舅子、小姨子同在一个企业工作。

改革开放以后，随着民营企业异军突起，家族式企业开始进入商业领域。不可否认，这种以血缘为纽带的企业管理模式，在创业之初，确实起到了弥补资本金不足，充实经营管理人员的积极作用。然而，随着改革开放的不断深入，企业科学决策、精细化管理的诉求进一步强烈，在特定历史背景条件下近亲繁殖的"怪胎"，已经与时代的步伐越来越不协调。

三株"帝国"的覆灭，不仅仅是"八瓶三株喝死一位老汉"的突发事件，内部的家族式管理模式，才是其倒闭的根本原因。后来，三株老板吴炳新在总结失误教训时意识到，正是家族式的松散混乱管理，导致各地的分公司"拉山头"，形成一个个小的家族集团，人浮于事，各自为政。在出现突发事件后，未能及时处理，从而贻误时机，导致危机扩大。

◎稀释的公信，乱于机制祸于人

无论国有企业还是民营企业，"近亲繁殖"的人事制度，会限制你的用人视野，狭隘的"血缘系"管理，会助长你排斥异己的用人偏见。毫无疑问，落后的机制不可能吸纳先进的管理理念，更不可能吸引优秀的管理人才。

另一不争的事实是，任人唯亲的用人机制产生不公平的内部竞争环境，企业留不住有本事的人。因为，无论在什么性质的企业里，与你有特殊关系的人，总是占有优势地位。虽然他们的能力、水平远不如别人，但因为"近亲性"的特殊关系，他们就可以做别人的领导，就可以吆五喝六，压制比他优秀的外来人才。如果企业长期处于"血缘系"管理状态，专横跋扈的"八旗子弟"就会用家族的DNA图谱，取代企业的规章制度，使你的管理断裂失灵，制度变成一张废纸。长此以往，企业的价值标准将出现扭曲，不但你的商业威信会受到影响，就连那些真有点本事的亲属，也会受到牵连而遭到他人的鄙视。从功利层面上讲，当别人意识到在你的企业里，很难有升迁和重用的机会，他们就会心猿意马，"身在曹营心在汉"，跳槽是早晚的事。由于跳槽者了解你的企业架构和营运流程，知晓你的客户和合作伙伴，也可能清楚你的商业计划和实施步骤，同时，他们在辞职的时候，或多或少会有些不愉快。所以，你很有可能用自己的钱，培育出商场上的竞争对手。

事实上，有很多民企商人慧眼识珠，能够拨云见日发现人才，却没有学会如何用机制留住人才。多年以后，他惊愕地发现，当年辞职离他而去的人，如今都成了行业专家、商海精英，纷纷在自己的同行企业中担当着重要角色，成为自己的商业劲敌。他的企业不经意中变成了免费为人家输送人才的"西点军校"。

也许有一天，你突然醒悟，觉得有必要对你的家庭成员进行一次像样的"整风"，减少或消除"近亲繁殖"对企业的负面影响，但多数情况下是亡羊补牢为时已晚。即便你愿意"出血"让他们另立山头，但由于利益纷争和血缘纠葛，搞得不好就会反目成仇，关系臭的连一般朋友都不如。最典型的例子，莫过于被称为"中国第一商贩"安徽芜湖"傻子瓜子"年广久家族的商标纠纷案。年广久跟他的两个儿子以及大小老婆之间旷日持久的官司，把"傻子瓜子"折腾得死去活来。

◎家庭成员最好不要在你的团队里供职

在任何企业中，基于对企业和自己负责的精神，"用人不唯亲"是一个基本的常识和底线。作为掌门人，应该自觉地站在企业和员工立场上去考虑问题，而不能仅从个人角度出发，以为只要做到严以律己便可以问心无愧。事实上，你亲属的任何举动都会给你带来不可忽视的外部影响。他做得好，取得的成绩是他自己的，一旦他做出点儿丢人现眼的事，罪责就都是你的了。你苦心经营的光辉形象，可能因此一夜之间化为乌有。

换句话讲，聪明的商人应该认识到，无论是你的老婆还是你的父母，都不可以在你的管理团队里有太多插手，因为以你为核心的团队，接受的是你，而不是你的家庭成员。虽然你的家庭成员可能在人品、能力等方面不比别人差，但人们在考量"近亲繁殖"的利害关系时，关注的不是基于个体的偶然性，而是基于普遍的必然性。就人性而言，能够抛开私人感情，将工作与亲情完全分开的人毕竟是少数。通过比较和权衡，外人自然不会拿自己的利益和前程去冒险，他们不仅会因此怀疑你的企业文化和价值理念，更可能在权衡利弊之后，弃你而去。所以，无论你的家庭成员是谁，有多大本事，可以给你的团队带来多少帮助，都不能作为成为你团队中一员的理由。

企业千万不能
重用不孝敬父母的人

　　父母恩，似海深。人的一生，父母是对儿女恩情最大的人，父母给予儿女的爱，无私而博大。俗语说"百善孝为先"，孝敬父母是中华民族的传统美德，也是做人最起码的道德要求。"鸦有反哺之义，羊有跪乳之恩"，不孝敬父母的人，根本不可能对企业尽忠诚，对工作有热情，对社会负责任。

　　对个人来说，家庭是巢，是港湾，是后方，失去了家庭的和睦，也就失去了成就事业的基础，和谐社会也就成为空谈。很难想像，一个对父母都不孝敬的人，对相濡以沫的妻子背信弃义的人，对子女不教不养的人，怎么能够与别人友好相处，通力合作？又怎么可能期望他对企业尽忠、对工作尽责？如果你指望这样的员工"孝敬"企业、忠诚老板，估计你的脑袋是进水了。醒醒吧，别做梦了！他连父母都不孝敬怎么能"孝敬"你？

◎绝不能指望连父母都不孝敬的人为企业创造效益

　　"金无足赤，人无完人。"人都会有缺点和错误。错误一般分三类：一是认识上的错误；二是方法上的错误；三是品质上的错误。如果认识上出现了误区，可以提高认识，走出误区。方法上有所不当，可以调整方法，重新做起。而品质上的错误，是骨髓里血管里的东西，后天无法改造。俗话说："江山易改，本性难移。"只要是品质问题，哪怕是一点点，你都不能原谅，一定不能重用他。

春秋五霸时期，管仲老了，不能侍候齐桓公了，就在家休养。齐桓公问管仲，倘若管仲不幸离去，政事该交给谁？管仲说："了解臣的人莫过于君王，了解孩子的人莫过于父亲，您还是试着用心来决断吧！"齐桓公问："卫国公子开方怎么样？"管仲说："不可以。咱们齐国与他的卫国之间不超过10天的路程，开方为了侍候您、迎合您，竟然15年不回家看望他的父母，这违背了人的本性。他连自己的父母都不爱惜，又怎么能真心地爱您？"管仲死后，一次齐桓公去南方堂阜游玩，大臣造反，其中就有开方。齐桓公后来死在南门守卫的屋子里，死后好几个月都没有人收尸，尸体上的蛆虫都爬到了屋子外面……

《小小说选刊》上也刊登过一篇《借驴》的精彩妙文，大意是：张三到邻居家借驴，邻居知道张三对父母不好，生怕自己的驴到他家后受罪，再三叮嘱张三要对驴好。张三听得有些不耐烦，涨红了脸对邻居说，我像对我爹妈一样对它总可以了吧。吓得邻居连忙说，千万不要那样，只要像对待你儿子那样就足够了。一句话，说得张三面红耳赤……

不孝敬父母就是品质问题，这样的人对你的企业有百害而无一利。试想，父母与他是一把屎、一把尿的抚养关系，你与他的关系再好，能超过他与父母的关系吗？他不懂得尊重给予自己生命的人，对恩重如山的双亲不屑一顾，这样的人，血管里流动的压根就不是人血。如果你不想把企业办成动物园，最好将他请出去。

◎企业领导要率先垂范，倡导"孝"礼

不孝之人，无论取得多么大的成绩，也会被人看不起。所以，在"孝"这个问题上，我觉得企业领导都应该旗帜鲜明，并且以身作则，率先垂范。

青岛双星集团在选用员工上，尤其是提拔企业管理人员上，有一条不成文的规定，已经实行了二十多年，就是不孝敬父母的一律不准提拔。曾经有几位管理人员因为出现不孝敬父母的情况，被罢免了职务。双星总裁汪海说："感恩文化首先要从对自己的父母报恩开始。十月怀胎，两年哺乳，20年的精心呵护和培养，孩子才得以长大成人。此恩此德，怎么报答都不为过。一个人如果对父母都没有感激之情，在社会的大家庭中就无法对同事、对领导、对客户有感恩的心，更无法对别人负责任。因此，我们在用人上把关是十分严格的，人品不正，别想当双星的'官'。"在建设感恩文化上，双星建造了目前国内企业第一个大型孝文化展馆——中国古代著名的

【斩尽杀绝】

"二十四孝"故事展馆。

学会感恩原本并不是一个很高的要求。对生养自己的父母、对精诚合作的同事、对关怀激励自己的领导和老师、对在成长路上给予自己微笑鼓励和点滴帮助的人，心怀一份报恩和感激之情，理应是人类朴素的、原始的情感。

对父母、亲人的好坏是检验一个人成色的重要标准。如果你发现团队里有不孝员工，你应该表现得像一个出手麻利的"屠夫"，立马办了他。而对孝顺父母、尊重师长但工作平庸的员工，则要高看一眼，厚爱三分。

你还要经常提醒自己和员工，对父母是否尽到了做子女的责任？对师长是否经常嘘寒问暖？千万不要以为父母、师长衣食住行有了保障，就没什么事了。孝敬父母是一门很大的学问。鲁迅曾尖锐地指出，什么是孝顺？孝顺就是像对待自己的儿女一样对待自己的父母。这是对如今的某些"孝子"（只孝顺自己的儿子）的极大讽刺。

令人遗憾的是，社会上仍有许多人得了"不孝症"，而且这种病毒如同流感到处传播。他们为了金钱、名利而牺牲亲情，更不懂得感恩。他们对赚钱的感情之"细"与对父母的关爱之"糙"，形成了鲜明对比，令人匪夷所思，揪心不已。

自私和冷漠的传染病并不可怕，它也不是无孔不入、不能阻挡。营造一个洁净向上的环境和气候，就能有效隔离病菌，把你的企业变成一个充满友爱、健康温暖的绿洲，你的企业就能逐步集聚人气，生机盎然。这，需要你身体力行，率先垂范。不是作秀，是真心为之。

对待下属要少批评、多鼓励，
多用"加法"，少用"减法"

　　庄子说："君子不为苛察，不以身假物。"就是说用人不要求全责备，不要计较人才的小节微瑕。作为商人，要相信任何人都有长处、优点，只要"诚于嘉许，宽于称道"，你就会看到神奇的效力。

　　美国钢铁大王安祖·卡耐基选拔的第一任总裁查尔斯·史考伯说："我在世界各地见到许多大人物，还没有发现任何人——不论他多么伟大，地位多么崇高，不是在被赞许的情况下比在被批评的情况下工作成绩更佳、更卖力气的。"而卡耐基甚至在他的墓碑上也不忘称赞他的下属，他为自己撰写的碑文是："这里躺着的是一个知道怎么样跟他那些比他更聪明的下属相处的人。"

◎多用加法，赢得人心和尊重

　　有个故事讲两名保龄球教练分别训练各自的队员。他们的队员都是1球打倒了7只瓶。教练甲对自己的队员说："很好！打倒了7只。"他的队员听了教练的赞扬很受鼓舞，心里想，下次一定再加把劲，把剩下的3只也打倒。教练乙则对他的队员说："怎么搞的！

还有3只没打倒。"队员听了教练的指责，心里很不服气，暗想，你咋就看不见我已经打倒的那7只。结果，教练甲训练的队员成绩不断上升，教练乙训练的队员打得成绩一次不如一次。

可见，赞赏和批评其收效有多么大的差异。企业管理者的用人绝不像"1＋1＝2"那样永恒不变，在不同时间、不同地点、不同条件下，1＋1可能大于2，也可能小于2。因为方法不同，客观条件不同，取得的结果可能迥然不同。所以，要针对不同形势运用不同的方法，不仅要善于用"加法"，也要善于用"减法"。但是，我主张慎用减法，因为频繁做"减法"很难培养员工对企业的忠诚度，也会使你的企业失血过度。如果输血失误，将导致新任者还不如前任。所以在对待员工问题上，我们应该多使用加法，看到员工能做什么，而不是不能做什么。管理者应当努力发现他们的优点，多加鼓励，发挥所长，而不要只盯着缺点不放，甚至轻率地炒其鱿鱼。

我赞同郭德纲的观点：相声是搞笑的，不是教育人的。也就是说搞笑是相声的主业，教育人只是它的辅业，如果相声不搞笑那就太搞笑了。同理，无论是国企还是民企，企业的主要任务是向社会提供有利于国计民生的产品和服务。培养人，不过是企业在生产经营过程中的顺势之为。在生活中，你要想吃猪肉不一定非要自己养猪仔，最简单的方法是去超市，只要你肯花钱，可以买到剔皮去骨的精肉。而企业需要人才和吃猪肉一样，最简单的方式是"拿来主义"，到市场上去招聘，请猎头公司去挖人，千万不要将自己的企业办成培养人、教育人的大学校。

【多用加法，慎用减法】

　　人才招聘到企业以后如何使用，可是一门大学问。一般来说，快马不用鞭催，响鼓不用重捶。你只要学会尊重、理解和支持，把握好决策的大方向，注意充分发挥人才的积极性就可以了。三国时期的蜀国，在诸葛亮去世后任用蒋琬主持朝政。他的下属有个叫杨戏的，性格孤僻，讷于言语。蒋琬与他说话，他也是只应不答。有人看不惯，在蒋琬面前嘀咕说："杨戏这人对您如此怠慢，太不像话了！"蒋琬坦然一笑，说："人嘛，都有各自的脾气秉性。让杨戏当面说赞扬我的话，那可不是他的本性；让他当着众人的面说我的不是，他会觉得我下不来台。所以，他只好不作声了。其实，这正是他为人的可贵之处。"后来，有人赞蒋琬"宰相肚里能撑船"。

《宋史》也记载，有一天，宋太宗在北陪园与两个重臣一起喝酒，边喝边聊，两臣喝醉了，竟在皇帝面前相互比起功劳来。他们越比越来劲，干脆斗起嘴来，完全忘了在皇帝面前应有的君臣礼节。侍卫在旁看着实在不像话，便奏请宋太宗，要将这二人抓起来送吏部治罪。宋太宗没有同意，只是草草撤了酒宴，派人分别把他俩送回了家。第二天上午，他俩都从沉醉中醒来，想起昨天的事，惶恐万分，连忙进宫请罪。宋太宗看着他们战战兢兢的样子，轻描淡写地说："昨天我也喝醉了，记不起这件事了。"

蒋琬和宋太宗都是善用加法，最后赢得了尊重。

◎非到不得已，轻易不"重捶"

人都希望得到他人的肯定、赞赏，面对指责时，不自觉地为自己辩护，也是正常的心理防卫机制在起作用，不一定是他真实意思的表达。一个成功的管理者，要能够体会下属的这种心理反应，对下属多加赞赏和鼓励，积极帮助他们解决工作和生活中的实际困难。相反，专爱挑下属的毛病，靠发威震慑下属的管理者，也许真的能够"驯服"他的下属，但是，一头爱发怒的狮子领着一群绵羊，又能创造出什么佳绩呢？

　　"人非圣贤，孰能无过？"当你不得不批评你的下属时，也要尽量"当面不背后，善意不恶意"，不能没有分寸，不能过头。真理过了头，也变成了荒谬。尤其处分下属的时候，更要"大事小办、急事缓办"。有时，必须给当事人党纪、政纪处分，甚至移交司法部门追究刑事责任的时候，一定要"事实清楚、理由充分、留有余地"。"重捶"即将出手之前，你要想好可能产生的后果：一是你可能遭到打击报复；二是容易让人误解你气度小，不值得追随；三是受到处罚的人不会简单地减少做坏事的心思，而是学会了如何逃避处罚。我们还常常听到这样的牢骚："干工作越多错误越多。"潜台词就是，为了避免错误，最好的办法是"避免"工作。这就是批评、处罚等"消极鼓励"的后果，而"积极鼓励"则是一项开发宝藏的工作。受到积极鼓励的对象，有时会使自己身上的一个闪光点放大成耀眼的光辉，同时还会"挤掉"其他不良行为。

　　还有一种现象不得不给予高度重视。那就是国企商人一旦批评处分了下属，多半是将下属得罪了，而且这种"得罪"几乎很难逆转。如果你批评处分了10个人，那么上级来民主测评的时候，你的"叉票"就不可能低于10张。这并不夸张，你千万不要太天真，别以为你是在维护企业利益，企业主管部门可不听你那一套，民主测评可是当今评价国企领导人的重要手段。这虽然是国企发展缓慢的重要原因，却也是国企商人的悲哀和无奈。所以，对于民主测评这一方式，你只可以失望但不可以绝望，只可以蔑视但不可以漠视。

民企商人虽然没有什么民主测评的"骚扰"，也不用担心什么见鬼的"叉票"，但是，在你批评人、处分人的时候也要有"分寸"，尽量不要伤害别人的自尊心。"重捶"出手之前，也要认真评估可能带来的后果。一般来说，"轻易别出手，出手不回头"。民企商人处分犯严重错误的下属，最好别抱什么幻想，与其降职、罚款莫不如干脆炒掉；否则，很可能是在自己屁股下面埋了一颗"定时炸弹"，早晚有一天你会被炸得"缺胳膊少腿"。

正确区分民企中的三种人和
国企中的四种人，拿捏好用人的艺术

　　毛泽东说："决定战争胜负的是人，而不是物。"虽然老人家说的是昔日的战场，不是今天的商场，但是，这个原则用在市场经济条件下的商场，也同样恰当。商场上的胜负也取决于人。一个甲级的项目，需要甲级的人才去决策和执行。如果一个乙级人才去执行一个甲级项目，最大的可能就是将这个项目，直接变成一个乙级项目。因此，企业如何选拔优秀的人才，已经是企业生存与发展的决定性因素。而如何识别人，拿捏好用人的艺术，将会直接影响你的事业成败。

◎才能不是关键，态度决定成败

　　在我们的日常工作中常有这样的博弈选择。面对一项工作，能不能干或许取决不了你，但愿不愿意干的主动权却在你的手中，而愿意干是你能否干好的首要前提。

　　《孟子·梁惠王章句》中讲到，有一天，孟子来到齐国，见到了齐宣王。孟子对齐宣王说："有人说，我的力气能够举起3000斤的东西，却拿不动一根羽毛；我的眼睛能够看清楚鸟羽末端新长出的绒毛，却看不到一大车木柴。大王相信吗？"　齐宣王说："不相信。"孟子说："拿不动羽毛，是因为完全没有用力；看不到一大车木柴，是因为闭上眼睛不去看。不是不能做，而是不去做。"

"不去做和不能做有什么区别呢？"齐宣王问。 孟子回答："抱起泰山，去跳跃北海，那是不能做；坡上遇到老人走路不便，不愿折枝给他当拄杖，那就是不去做。"这个例子反映的就是能不能干与愿不愿意干的辩证关系。

1+1可能大于2，100+0也可能等于0。一分的能力加上一分积极肯干的态度，可能创造出三分的成绩；而拥有100分的能力，却没有一分想要干好工作的态度，很可能一事无成。海尔集团首席执行官张瑞敏有一段精练概括："想干与不想干，是有没有责任感的问题，是德的问题；会干与不会干，是才的问题。"其实，不会干不要紧，只要想干，就可以通过学习、钻研，达到会干；会干，但不想干，工作肯定做不好。一个企业最希望拥有的优秀员工，是能够胜任这项工作的人。胜任所代表的不仅是能力，更重要的是道德、人品、责任感、上进心等职业素养。

◎红桃、方片、梅花、黑桃——国企中的四种人

在我国的民企中，大体有三种人：一是懂经营会管理的；二是虽不懂经营但善于管理的；三是既不懂经营也不善管理，但有各种人际、社会资源关系，是你必须心甘情愿安置、恭恭敬敬养着的人。这三种人各有所长，都是企业所必须的。

国企可就复杂多了。国企中第一种和第二种人占总人数的比重很小，第三种也不是有什么社会资源的人，而是社会主义制度

【手忙脚乱的国企商人】

下，多年积累沉淀下来的一个弱势群体（大约占国企总人数的50%
左右），他们既不懂经营也不善管理，思维方式仍停留在计划经
济时代。他们"热爱"这个企业，是依附企业生存的人。这个群
体完全是旧体制下产生的后遗症，是社会主义企业特有的"生产

成本"！然而，令人痛心的是，国企除了上述三种人以外，还存在着第四种人——工作没责任心，只注重个人私利的人。他们的心思基本上花在了写黑信、告黑状、违规、违纪、违法等方面，是国企中的捣蛋分子，是国企粮仓中的"硕鼠"，是国企肌体上的"毒疮"。所以，国企商人死也要明白自己"拖家带小"的家庭现实，死也要明白，手里虽然没有抓着一副好牌，也要凑合着"斗地主"。

杰克·韦尔奇有个"框架理论"，他以职业道德为横坐标，以工作能力为纵坐标，把员工分成四大类：人才(有才有德)、庸才(有德无才)、歪才(有才无德)和冗才(无才无德)。有一次，韦尔奇与英特尔公司总裁葛鲁夫一起讨论对待这四类不同员工的对策时，韦尔奇唯独对有能力没品德的人（歪才）特别提出了警告。他说，有能力胜任工作，却消极怠工而不履职，这样的人，发现一个开除一个，绝不留情。老板们最不喜欢的就是有能力却不愿好好干的员工。职场中的确存在一些"会干但不想干"的人，这些人每天的工作，就是反背双手冷眼观看别人忙忙碌碌，往往明明知道前面是陷阱，他却故意装着看不见，等你掉进陷阱后，幸灾乐祸、津津乐道。这样的人千万不要留在你的身边。

从这个意义上讲，企业的员工也可分成四大类，红桃（聪明又懒惰的人）；方片（聪明又勤快的人）；梅花（愚昧又懒惰的人）；黑桃（愚昧又勤快的人）。红桃和方片都可以用，而且要好好用，他们是能给企业带来丰厚利益的人。梅花（愚昧又懒惰的人）也还可以"将就用"，虽然这种人不优秀，更不是什么稀缺资源，然而无论在什么样的团队里，总是只有20%的人是最优秀的，其余80%的人是平庸的。因此，不必因为企业里有为数不少的"梅花"就担心害怕。一般老板手底下有那么几个精兵强将就不错了，如果企业里人人都是杰克·韦尔奇或是比尔·盖茨，也未必是好事。但是黑桃（愚昧又勤快的人）千万不能用，即使不能把他们从一副牌里面挑出来，扔出去，也只能攥在手里，闲置着，决不能用，因为他会给你带来无穷的烦恼和麻烦。

德国有个笑话说得也恰恰是这四种人：聪明又懒惰的人可以做将军；聪明又勤快的人可以做参谋；愚昧又懒惰的人可以做士兵；最可怕的是愚昧又勤快的人，最好什么都别做，他给你惹的麻烦比他干的事儿还多。

春秋战国时期的宋襄公，就是一个愚昧又勤快的人。虽然位列"春秋五霸"，但他仍然被人们认为是"可笑的战败者"。公元前638年，宋襄公为了争霸，和南方的楚成王打了一场叫人哭笑不得的重大战役——泓水之战。

宋军本来占了地利，已经进入泓水岸边预定阵地，楚军却还在摆渡过河。子鱼依据兵家常识，劝宋襄公半渡而击之，即趁楚人过河一半，首尾无法呼应，一击必乱，可以得胜。可是愚昧的宋襄公不同意，坚持"为战以礼"，即我是一向主张仁义的，怎么可以这样不择手段啊？

楚军完成渡江作业后，开始布阵。子鱼又劝："敌众我寡，要打快打，可以得胜！"宋襄公还是满口仁义道德，说君子不困人于厄，不鼓不成列，要等楚国排好阵式，再一本正经地跟他打，打他

个心服口服。

楚军排好阵势了，"仁义之至"的宋襄公又传下命令："打仗的时候，要先看看敌人头上有没有白头发，对于白发老人和已经受了伤的兵士，不许再打。"这时楚军队阵已经摆好，主帅成得臣把战鼓擂得山响，人跳车跃，呼声动地。宋军哪里抵挡得住，来不及数完敌人的白头发就纷纷溃退。宋襄公的精锐禁卫军全为楚军所歼，宋襄公大腿也不幸受伤。

败回城里以后，宋国人都议论宋襄公的错误战术。宋襄公还解释呢："君子作战，不重伤（不二次伤害受伤的敌人），不以阻隘（不阻敌人于险隘，也就是不埋伏于峡谷上面压袭敌人），不鼓不成列（不主动攻击尚未列好阵势的敌人），不擒二毛（不俘虏老大爷即头发有两种颜色的白鬓老年人），你们懂不懂？"子鱼说："您才不懂呢？战法云，以正合，这您明白，战法还云，以奇胜，您就忘了。致胜关键在于出奇制胜，对付敌人还讲什么仁义？"

宋襄公因为腿伤，第二年就死掉了。人们后来讥笑他，把对敌人仁义称作"宋襄之仁"。

像宋襄公这种人，就是典型的愚昧又勤快的人，企业绝对不能用这种人。

◎中庸之道——中国企业用人的最高艺术

国企商人必须要鼓励前两种人，将就第三种人，限制和淘汰第四种人。请注意我说的"将就"和"限制"，都是向现实妥协。因为，国企的第三种人太多，不将就怎么办？第四种人虽然可恶，你又不能开除他（弄不好他能开除你），也只能限制。而民企商人虽然不用面对第四种人，但也要学会"将就"和"善待"第三种人（民企中的第三种人是资源型人才）。其实无论是国企的"将就"和"限制"，还是民企的"将就"和"善待"，都是对现实的一种超越。中国商人不能像西方商人在"条文化"的特征下管理员工，中国商人除了要知道西方的管理学知识以外，还要弄清楚中西方文化的根本差异，主动去理解和适应中国企业无所不在的"圈文化"特征，在处理人际关系上还得讲点"模糊艺术"。

春秋时期，楚庄王平越椒之乱胜利后，大宴群臣，命令爱姬姜氏敬酒。忽然一阵风来，将蜡烛吹灭，顿时伸手不见五指。座中一人乘机对姜氏无礼，姜氏拔了他的帽缨，耳语庄王，请庄王赶快命令点灯，发现谁没有帽缨就治他的罪。没想到庄王却命令群臣把帽缨都去掉，尽兴喝酒。这件事就这样不再追究。日后的讨郑战争中，大将唐狡率领百人勇为先锋，一路血战，锐不可挡。庄王问为什么，唐狡答道："报君主'绝缨会'不杀之恩。"在这个故事里，庄王采用的是不加惩戒的处理方法。因为唐狡自知失礼，无须加以具体指责，而不予惩戒则使他感激不已，心存报恩的决心。庄王这样做是带有明确的目的性的，他对姜氏说："酒后失态，人之常情，若因此而惩罚他人，就是妇人之气了，若伤了将士们的心，大家都不高兴。"

今天的用人已经不同于古代，但你在处理人的问题上应尽量做到中庸，否则，过于严肃地对待问题就是最大的不严肃。就像一个科学家严肃地看着一只鸡蛋论证："为什么孵不出恐龙？"

那岂不是白白浪费精力，让别人笑话。特别是国企商人，面对着相当复杂的人际关系，承受着"抱薪救火，薪不尽，火不灭"的痛苦，更要用智慧来拿捏其中的分寸，来更多地激发员工的积极性。但是，对于第四种人，如果有机会，千万别犹豫，尽可能利索地拆除这些"引信"。对于第三种人，在"将就"的基础上，也应该想办法尽量"疏散"，毕竟企业不是养老院，利润最大化才是企业的第一要务。

不要用民主测评
的方式考核你的下属

商人对下属考核的目的应当简单明确，就是要知道下属干得好坏。如果你考核的目的不是如此，而是另有企图——为了整人找借口或为了猎奇，那么，考核不仅失去了它最基本的作用，还演变成了一项危险的游戏。什么算干得好？简单地说，在企业中，人物评价数字说话。经过你严格地审计和问责，完成了你下达的各项经营指标，没违法乱纪就是干得好。至于其他方面，我看完全可以忽略不计，因为，除了硬邦邦的指标，有谁能拍胸脯保证对那些软不拉塌的考核内容有准确的判断？

在中国，对下属（指你可以直接管理的下属）的考核，国企（包括国企控股）与民企有一定的差别，但也有很多民企对下属的考核也采取众人打分的方式，只不过考核项目更侧重实际罢了。尽管如此，民企对下属的考核中也有不少需要他人主观判断的项目，这相当于国企考核下属的德、能、勤三项指标。看来民企商人对下属的考核与国企的考核有着一定的血缘关系，也有"民主"的影子。因为民主测评诞生于国企，至今还在沿用，所以，我仅对国企的民主测评现象作一剖析，相信对民企商人考核下属也具有警示和借鉴作用。

◎国企考核经营者的现状

随着市场经济的发展，国有企业对下属的管理与考核制度也在不断发展变化。党管干部的领导体制也有了一些积极的改革，逐步简化管理层次，量化管理指标，由管职务向管职责转变。如北京市国资委提出了国有企业效绩评价的四项指标，即利润总额、主营业务利润率、流动资产周转率、净资产收益率，相比传统的单一用"德、能、勤、绩"，"团结协作"、"廉洁奉公"为考核指标，

【国企商人：怕老鼠的猫】

用"优秀、称职、不称职"为评价结论的民主测评，这种考核方式有了巨大的进步。

不过，在建立新的效绩评价体系的同时，上面提到的传统的干部考核模式还依然延续。这表明民主测评仍是当前国有企业高级经理人员考核中无法绕过的"障碍"。

每到年底或年初，上级组织部门到下属企业召开各二级企业领导和机关中层干部会议，或者全体员工大会，听取该企业主要领导述职，然后让大家填写测评表。测评表上有与考核内容相对应的优秀、称职、不称职、弃权等评价档次。组织部门对测评表统计汇总后，作为评定该企业领导是否称职的重要依据之一。这种方式至今仍在几乎所有的国有企业继续沿用。

◎对经营者的民主测评与市场经济背道而驰

不可否认，民主测评考核经营者的制度曾具有积极的作用，但随着市场经济的发展，这个计划经济时代的干部考核方式，对解决企业的问题越来越没有多少帮助。

仔细分析对经营者进行民意测评这一方式，是否借用了西方民意测验的某些"长处"，我不得而知。但仅从两者的情况比较来看，也能看出过分倚重民意测评考核经营者，也是失之偏颇的。

其一，西方的民意测验完全是民间行为，体现的是一种普遍意愿。而我们对经营者民主测评体现的是某一特定人群对某一特定人物"定案式"的评价，是有相当"含金量"的。它常会成为某些人手中的"变形金刚"或"妖刀"。某些人为了实现自己的意图，可以用它使你"上天"、"入地",所谓成也萧何败也萧何。

其二,西方政治体制下出现的民意测验,实际上就是一种模拟选举。这种民意测验基于西方"选举制"的政治体制,与其成熟的法制建设是相匹配的,而且参与民意测验的主体就是参与投票的主体,二者是完全统一的,差别只在于参与人数的多少。所以,民意测验的结果,往往是选举的风向标,甚至会左右选情。而我们对经营者的民主测评,是建立在"董事会聘任制"的基础之上,这违反了新公司法的基本法理。它的出发点虽然是了解民意,却没有依法体现 "集体合同"的意图。而测评结果对经营者却有较大的影响,因为民主测评作为制度纳入了对高级经营者的评价体系之中。

其三,在西方,实行领导人选举制,民意测验完全是民间对选举的一种预测,没有任何的官方意义。而在中国,企业经营者实行"董事会聘任制",国资委、董事会和股东会是最有发言权的评价主体。在聘任主体不是企业职工的情况下,完全由企业职工参与的民主测评的结果,对该企业经营者的工作评价发挥着重要的作用,这不能不说是一个令人深思的问题。

其实,国有或国有控股企业的经营者由政府主管部门和企业的董事会聘任,是一种契约关系。企业经营者与国资委和董事会都签订了目标责任书。这种契约关系一旦建立,企业经营者的权利与义务就十分清楚了。聘用的经营者是否称职,就看他经营的企业能否完成责任书的内容。如果这些内容经严格的审计程序确认都已经完成,那么这个经营者就应是称职的。当然对经营者的考核评价,还可以通过对目标责任书的完善来实现。通过对经营指标、安全指标、管理指标的进一步扩充和细化，让经营者的责任目标涉及到企业的方方面面。

在对经营者进行民主测评这一方式进行一番反思后，认识到它固有局限性的情况下，得出初步结论：在现代企业制度下，应该取消用民主测评的方式考核企业经营者。

◎对经营者进行民主测评的疑问越来越多

根据本人在国有企业多年的工作实践，对经营者考核实行民主测评这一方式的合理性及科学性的疑问越来越多。

第一，评价关系合理性的疑问。随着历史的变迁，国有企业已改制为有限责任公司了，原来意义上的一级企业与二级企业已经变成了两个经济实体，两个独立的法人。他们已经不是简单的上下级关系了，而是参股或控股的利益集团关系。你有多大的发言权只能根据在对方公司股份的多少来决定。因此，一级企业与二级企业理应不存在评价与被评价的关系。再用民主测评的方式评价某一级企业的经营者，完全变成了一种单向的评价，最起码是不平等的"变味"评价。某一级企业的经营者要想迎合这种"变味"评价，不知要牺牲多少企业的利益，才能保持这种"生态平衡"。

第二，评价主体合法性的疑问。目前，国有企业经营者和职工的地位已经发生了根本变化。过去，国有企业的最高权利机构是职工代表大会。职工可以对企业的发展和建设行使发言权和表决权。而企业改制后，股东大会取代职工代表大会成为企业的最高权利机构，职工成了企业的雇员，企业经营者成为受聘于董事会的资产经营者和看护人。让被管理者给受聘于董事会的管理者测评打分，还把这个测评结果看作是经营者是否称职的重要依据之一，这不与公司法的精神相抵触吗？我们既然强调依法治企，就必须有法必依。既然签订了目标责任书，那么，这种契约便依法生效，就要维护它的严肃性，就必须使合同标的——执行标的——验收标的形成一条直线。不能签订甲标的，验收时又加入乙标的，迫使经营者去"曲线经营"，进一步削弱国企本来就不强的执行力。

第三，评价的客观、公正性的疑问。现在体制下的中国国企经营管理要远比西方企业复杂和困难得多。西方企业与中国国企在人员构成上有本质的区别。西方企业的CEO面对的主要有两种人：第一种是懂经营会管理的；第二种是虽不懂经营但善于管理的。而中国国企还存在第三种人和第四种人：第三种是不善经营又不懂管理的人（第三种人大约占国企人数的50%左右）。但是，这些人热爱企业，是依附企业生存的人，是旧体制的产物；第四种是既不懂经营又不会管理更不热爱企业的人。他们通常用低水平的世俗观点来评判事物，用无政府主义等概念去印证事物，在逻辑上作出错误推理后，盲目进行批判和否定。他们不关心企业的好坏，只注重个人私利，心思基本上花在了写匿名信、告黑状方面。这些人的存在是国有企业独有的，是国企中的捣乱分子。这就要求中国企业经营者既要有西方CEO选拔和使用前两种人的能力，还必须学会"将就"第三种人和"限制"第四种人的本领。然而，"将就"和"限制"这四个字消耗了国有企业巨大的成本和资源。那么，在第三种人占一半以上并存在着第四种人的国有企业集团中，民主测评的客观性、公正性如何保证？这种民主测评到底要测评什么？这个测评到底能给企业带来什么呢？

第四，能否准确识别企业领导干部之间的能力、水平和个性差异的疑问。众所周知，人非神仙，怎能无过？尤其改革时期，好多事情前无古人，我们不得不摸着石头过河。既然是靠摸石头过河，就得允许有闪失。不然，求全责备，谁敢开拓创新呢？现在的国企里确实有些人，自己无所作为，却总在背后指手划脚，这个不行，那个不对，但究竟如何办好，他又不出手。倘大家都如此，光说不练，那么我们的事业靠谁去推动呢？若是搞起民主测评来，做事的，就往往比不过那些不做事的。从经济学的角度分析，这难道不是一种民主失灵吗？

◎对经营者进行民主测评的负面作用很明显

从实践中看，目前民主测评的负面作用不可小觑：一是产生了消极的价值导向；二是束缚了企业的执行力。

在我看来，民主测评的形式是民主的，但结果不一定是民主的。民主测评不是简单的对经营者个人评价是否公正的问题，关键是不改变这种方式所带来的局面，国有企业就永远搞不好，因为，那第三、第四种人手中拿着测评表与经营者讨价还价。甚至，第四种人为了煮熟自己的那个"鸡蛋"，不惜拆了企业房子当柴烧。他们对企业的整体利益不管不顾，他们的评价标准不是"四项指标"，而是"谁要侵犯了我的利益"，我就恼火就不满意，就在民主测评时给你打×。经营者摆脱不了那些人的"控制"，时有后顾之忧怕打×，哪里还敢放手管理企业。经营者试图转变这些人的视野、胸怀和理智的努力似乎都是徒劳的，也只有用"将就"和"限制"做交易，牺牲的还是国家和股东的利益。所以，这种要求众人按照统一标准来画✓或打×评价被评价者的测评制度，会束缚企业经营者的个性和创造力，理论上存在导致企业经营者成为八面玲珑的谦谦君子的价值导向。

执行力决定企业的长远发展和生死存亡，对企业至关重要。强大的执行力能让企业充满生机和活力。像海尔等著名企业，在企业

【不能用一把民主测评的尺子来评价干部】

转轨时期，做出有远见的重大决策时，开始往往是很有争议的，但由于张瑞敏等能够力排众议坚持往下走，最终使企业走出困境，走向了辉煌。遗憾的是，像海尔这样的企业少之又少。

在现有体制下，国有企业往往存在这样一种现象：凡是执行力强的经营者，往往产生的争议就越大，带来的自伤也越大。对于有执行力的经营者来说，干的工作越多，承担的责任越重，面临的风险就越大。而在执行过程中，执行者又不可能保证所干的工作百分之百正确无误。一旦工作中出现纰漏，就可能成了别人的把柄，就会招来各方面的议论和攻击。你一张嘴是无法对付如此多张品头论足的嘴，怎么也难躲过"众口铄金"的下场！再加上民主测评这个"尚方宝剑"，那些人就更加有恃无恐了。特别是在转型期的企业中，很多执行力强的人，正因为敢抓敢管，敢于坚持依法治企的原则，而引来各种"黑色"举报信，以致于严重影响了企业的正常经营管理秩序，挫伤了企业执行力。

因此，民主测评带来的不是执行力，而是制约力。制约力削弱了执行力，而执行力差正是严重制约国有企业发展的重要因素。没有执行力，个别国有企业的发展及壮大只能是幸运，更多国有企业的亏损和衰落则不可避免。

◎坚持依法治企，建立以公司法为基础的经营者考核体系

我认为，应尽快建立以公司法为基础，以职责管理为中心的经营者考核体系。

首先，应该确定评价标准。国有企业的定位首先应该是企业，是服务社会、富裕职工的经济实体，因此国有企业的经营者不是"官"，而应是"企业家"、"商人"、"职业经理人"。这就牵扯到对国有企业经营者的监督和评价是由谁考核，用什么方式考核，用什么标准评价的问题。记得牛顿说过：把简单的东西复杂化，可以发现新领域；把复杂的东西简单化，可以发现新定律。若把看似简单，其实已经复杂化了的民主测评化繁就简，就会看到，建立起国有企业经营者的考评体系，只要以新的公司法为基础，主要考核"绩"和"效"，也就是工作成绩和效果，就会简单明了得多。

其次，经营者年度述职也非常重要。关键是向谁述职？我认为：乙方应该向与其签订"目标责任书"的甲方述职，即企业经营者向国资委或董事会和股东会述职。由董事会和股东会对经营者测评、评价并实行严格的问责制。

我再一次强调：企业经营者考评不同于党务干部。对党务干部考评可以沿用民主测评的方式，而对经营者一定要以业绩考评为主，即"人物评价，数字说话"。评价标准就是"目标责任书"，且必须认真完善"目标责任书"的内容，有意识地加入对被评议者创新能力的考核内容，尽可能融入积极的价值导向。同时，附之以奖惩分明的条款，这样才能打造国有企业的执行力，提高企业运营效率。再也不能走甲乙双方签订"目标责任书"，丙方进行民主测评的老路了！

最后，我还要再次提醒商人们，不要用民主测评的方式考核你的下属，那样会把你的下属逼疯，也会将你的企业搞垮。

第四部分

"非淡泊无以明志，非宁静无以致远"。
古今中外，修身一直被视为成就事业的根本。
商人也要修炼自己的秉性，怀揣一颗平常心，
面临危局不慌乱，身处顺境知忧患，
学会激流勇退，拒绝诱惑，诚信为人，
外圆内方，特别是要懂得保护自己。

收集自己无罪的证据

　　中国的法律是原告举证制(或者说谁主张谁举证)，尽管中国的司法审判制度正处于从"纠问式"向"抗辩式"转变过程中。但目前仍然更多地体现为"纠问式"的诉讼方式，这与西方的"抗辩式"诉讼方式，有着本质上的区别。在西方被告首先是被推定为无罪，你只要提出一丁点儿可疑的地方，原告无法证明，就可以疑罪从无。这如同当年的"抗美援朝"，是一种"进攻式"的防御，它具有主动性、灵活性。相反，在我国的刑事审判中，被告常常是被动的，往往事先就被推定为有罪。因此，在法庭上听到被告说的最多的词就是"是"或者"不是"。因为，此时的证据大多在原告手中，被告身陷囹圄，已经失去了主动收集证据的能力和条件，即便有委屈也无法收集到自己无罪的证据。

　　不可否认，我国的法律制度从无到有，从不完善到逐步完善，对改善中国的商业环境起到了扬善惩恶的重要作用。在这里，我无意评价中国的司法制度，只是隐隐地感觉，在司法制度还不十分完善的情况下，作为商人，如果平时法制观念淡薄，既不能循规蹈矩同时又大大咧咧，不注意收集和积累自己无罪的证据，当你一旦被推到被告席上的时候，你即便是古罗马竞技场上的角斗士，也难免最终倒在血泊中。角斗士要想活下去而又不被对手击中，首先必须学会的不是进攻而是防御。商人不仅要有娴

熟的经营企业的"剑法"，同时，还要谨慎行事，学会保护自己的"盾法"。商人必须明白，盾牌（自己无罪的证据）除了可以围挡防范，必要时也可以当作武器去"砸人"。

◎身处转型期，做个有心人

明代的大改革家张居正，在位时励精图治，大力推行一条鞭法，力挽狂澜，使明朝的财政状况有了很大的扭转和改观，而且他还是一位政治高手，善用权术，扳倒了他的前任内阁首辅高拱。按理说这样一个人，应该能立于不败之地了吧，可是他的结局却让人大跌眼镜。死后不仅被夺去了谥号，而且连坟墓都没保住，还累及子孙被发配充边。原因就是他没有意识到自己处在一个改革的转型期，他的革新得罪了不少人，最重要的是，他在有生之年没有积累留存自己无罪的证据，结果活着的时候侥幸没出事，死了却闹出了大乱子。今天的中国商人也是身处转型期，如果不吸取张居正的教训，弄不好等不到死就被人家"戳骨扬灰"了。

2006年以来，关于问题富豪和民企原罪的内容充斥各大媒体。从被人揭出陈年老账的黄光裕，到被人逼债的严介和，再到沦为阶下囚的张海、顾雏军，还有刚刚被抓，敢和原油巨头们叫板的民间石油商会会长龚家龙，他们的发家史以及一些内幕被抖落得尽人皆知。更让人大跌眼镜的是，每次富豪榜单一公布，就会有一批"富豪"应声落地。

客观地分析，这些从"天堂"被打入"地狱"的富豪们，身处在一个尴尬的年代。一方面他们正逢其时，抓住了新兴市场的机遇；另一方面，他们是在不透明、不规范的转型期仓促起舞，动辄得咎。他们的生存状态是，"无商不奸，无商不艰"，这"奸"和"艰"之间有着必然的联系。

从《激荡三十年》编年体式的记述中，我们也不难发现，中国民营商人群体崛起的特征，大多都是敢顶"雷"作战的冒险家，往往是胆子越大，积累财富的速度就越快。显然，在追求金钱的过程中，有不少人胆子大到"无法无天"的地步。你可能不是冒险家，但逐利的冲动使你时而"探险"，所以你不要有侥幸心理，因为转型期的法律一直处于调整完善之中，对于"过"和"罪"的界定也在不断地切换。换句话说，昨天的一些法律、法规，今天看来可能是过时和需要废改的；今天实行的法律、法规，明天可能也是要调整修正的。例如"投机倒把罪"，解释的版本和变更的速度，有时让司法工作者们也有些措手不及。社会的进步，时代的发展，也使商人们的经营活动面临着很大的不确定性。你昨天这么做是合法的，今天再这么做可能就有违法之嫌了。所以，中国商人，从下海经商的第一天起，就应该视自己为有"罪"，并随时收集和积累自己无罪的证据。你是商人就应该明白，首先要学会保护自己，不去以身试法触犯"天条"，否则，有些事你跳进黄河也洗不清。尤其是在今天传媒日益发达的情况之下，你更要处处保持低调，怀着一种"原罪"的心态。

商人不会保护自己，其他的都免谈。即便有朝一日，企业有了一掷千金的实力，仍会有人怀疑你、折腾你，你不要等到那时再精神紧张，仓促应战。切记：千万不要等到人家告你，纪委查你的时候，才想起来去收集自己无罪的证据，那多半是亡羊补牢，为时晚矣。

◎手握证据，处变不惊

一般来说，责任越大，风险也越大。商人每天都要作出一些批示和决定，对于这些"按手印"的工作，你一定要负起责任来，它是你对一些较大经营活动初始状态的表达，也是你有罪或无罪的证据。妥善保存这些原始资料，它是你万一被人家从楼顶踹下来，可以保你性命的"充气垫"。

国家某部委直属公司总经理李某，在上世纪90年代受该部委某副部长委派，出任与香港某公司合资组建的基金管理公司的负责人。其在三年任职期间领取工资近百万元。由于当时这个公司的特殊性及运作的不规范，李某的工资收入未按当时的习惯上缴国内单位，该部委亦无文件对此作出规定或说明。后来，李某与该副部长发生矛盾并辞去公职。副部长恼怒之下找到司法机关，称李某的上述收入应为公款。李某因拒不交回而构成贪污罪。由于副部长身处主管机关要职，当时又无正式文件能够说明此事，无人能够或者敢于出面为李某作证。李某遂被司法机关立案并采取强制措施，形势对其十分不利。然而，万幸的是，李某行事一贯认真细致，他保留了当时讨论此事的所有会议记录、谈话记录，以及任职期间他向副部长汇报基金公司工作及其工资制度的草稿、试行稿等大量原始文档资料或复印件。鉴于上述文件资料能够被认定为当时所写，且前后一致，司法机关无法认定李某有罪，最终只能撤销了此案。由此案例，你应该明白每时每刻收集和积累自己无罪的证据有多么重要。

◎怎样收集和积累自己无罪的证据

首先要收集的是各种决议文件。你每天经手批转的各类文件，以及你对每一个文件的具体批示，除档案室存档以外，一定要让秘书再存一份。有各位董事签字的各类董事会决议，党委会、经理办公会的纪要，上级机关的批复文件，也要另外存一份。凡是你签过的合同、协议以及授权委托书，同样也一定再存一份。每年还要将所有保存过的资料刻盘，第三次存档。平时，你要养成写工作备忘录的习惯，每天下班前，检查全天工作，对已完成的重要工作的文字材料进行存档，暂时不能存档的要记录下来，提示备忘。

【巨额财产来源明也】

　　还有就是涉及到理财方面的事项。你个人收入所得税的完税证明，股票收入的对账单、工资以及各种合法收入的原始票据，家里装修房子、买家具、买汽车的原始票据，以及孩子学费收据、红白喜事宴请发票等等，千万不能丢，一张也不能少。特别是国企商人，家里一定要建立重大收入支出台账，原始凭证要尽可能的全，要做到台账、凭证、实物三相符。做到了这些，无论什么时候，你都能说清楚家庭财产及各项收入与支出的合理性、合法性。

　　再有就是要设立企业和个人的法律顾问制度。商人至少要有一个常年的法律顾问，你随时可以从他那里获得一些咨询和建设性的意见，做到知法守法，坦然面对各种法律风险。

　　上述做法，似乎不像以拳脚功夫见长、厮杀于商场的"武林高手"，倒像一个勤俭持家的小媳妇。但是，这确实是一件十分重要的事，只有你亲自打点才最保险。这样做，第一可以给你自己吃个定心丸，安然睡大觉，不怕半夜鬼敲门；第二可以促使企业提高档案管理水平，合同、文件管理井井有条；第三可以营造企业遵纪守法的氛围，约束自己和员工的行为，防患于未然。

◎怀有侥幸心理，厄运离你就不远了

　　也许有人会说：你这样做也太小心翼翼了吧！哪有那么多事！有事我用嘴也能说清楚。对于持这种想法的人，我无意指责，只能一笑置之。然而，现实的复杂让聪明的商人时刻感到战战兢兢、如履薄冰，永远不知道明天会发生些什么事，这就是聪明商人的"危机意识"。

大家都知道风波亭的故事吧。当皇帝用12道金牌紧急召唤时，作为当事人的岳飞，本应该立马将思想防范的弦绷起来，但是，他放松了警惕。他心里总是认为，脚正不怕鞋歪，自己没什么好害怕的，正如中国的一句古话："平时不做亏心事，半夜不怕鬼敲门。"殊不知正是这句话害死了不少人，因为大家都只注意防范"鬼"，却忘了敲门的很可能是比"鬼"更可怕的"魔王"。岳飞正是在这种心态下，面对秦桧"莫须有"的罪名，除了说"我没做"以外，就没有任何有力的证据证明自己无罪，最后落得个千古遗恨。后来的人总觉得"莫须有"是一个笑话，其实不然。《刑法》中有一个"巨额财产来源不明罪"，虽然与"莫须有"不是一回事，却有异曲同工之妙。就是说即便是你辛辛苦苦赚来，不是"非偷即抢"的不义之财，也要有确凿的收入证据，来证明自己收入的合法性。这对应了前文所说的，从你下海经商那天起，就应该视自己为有"罪"，不要怀有侥幸心理，要时刻收集和积累自己无罪的证据。

怀有侥幸心理，你还会自觉不自觉地放纵自己，干些出格的事。如果你无罪的证据不足，被人"拿下"那是早晚的事。到那时，不但毁了自己的前程，也会拖累你的企业。例如，红塔集团的掌舵人褚时健"出事"后，"红塔山"的质量也跟着"出事"，手下的精兵强将大多投奔他处，在云南省烟草业利税大幅上升之时，红塔集团这个昔日利税"龙头"却背道而驰，业绩一路下滑。

要做一个有智慧有头脑的商人，低调为人，踏实做事。同时，注意收集和积累与自己有关的无罪证据，以备不时之需。不然，有朝一日检察官找上门，你可就被动了。

走笔至此，结论已经有了：你自己不懂得如何保护自己，别人不好多管闲事，也帮不了你。你平时要遵纪守法，别让人抓住把柄，不然，企业中的"内鬼"、商场上的"对手"就随时可能把你推上审判席。而"热衷"收集自己无罪证据的良好习惯，既可以督促自己洁身自好，又可以有效规避法律风险。

记住《国际歌》里的一段歌词：从来就没有什么救世主，也不靠神仙皇帝，要创造人类的幸福，全靠我们自己

现实生活中，人脉关系很重要。所谓店中有人好吃饭，朝中有人好做官，但这只能证明你有很多的便利条件，并不证明你因此就有了灵巧的双手和神奇的翅膀。你可以与公检法的人成为哥们儿，与纪检委的官员成为朋友，但这不能成为你可以违法乱纪的借口。俗话说："树倒猢狲散"，"人走茶凉"。一旦你触犯了法律，这些朋友都会离你而去，谁都救不了你。"夫妻本是同林鸟，大难临头各自飞"，夫妻尚如此，何况朋友乎！他们不会在这个时候"讲交情"。

◎洁身自律，自己才是你的"救命草"

在你遇到"危机"情况时，不要指望你的朋友会在你认为正确的时间出现在正确的地点为你说情。你千万不要埋怨这些朋友，在你最"需要"他们的时候离你而去，他们是对的。如果他们徇私枉法，不仅救不了你，连自己的饭碗也跟着砸了。那谁能救你呢？只有你自己。怎么救呢？平时遵纪守法。不要仗着有几个公检法的朋友，就可以为所欲为。历史反复证明，"不是不报，时候未到，时

候一到，统统报到"。因此，我的劝诫是：坚守底线——法律，保住中线——党纪政纪，争取上线——社会道德标准。这个原则是你做事而不出事的"临界点"，底线下面就是万丈深渊，只要越过，即使不粉身碎骨，也要付出惨重的代价。所以你必须放下你那大爷的豪气，时刻提醒自己，在法律和党纪政纪面前，我就是"纸老虎"，千万别试图突破"临界点"，否则你可能要用牢狱之灾换取大彻大悟了。

【命运在自己手中】

出了问题怎么办？切记：不要有任何侥幸心理，只有靠自己了！什么该说，什么不该说，你自己心里要有一杆秤。这时候，不要心存侥幸与法律对抗，更不可以大包大揽硬充"好汉"。该说的要说清楚，不该说的不要乱说。如果该说的已经坦白清楚，那就只剩下一件事可以做了，请个好律师吧！其他任何人都救不了你啦！

胡雪岩在他事业达到顶峰之后，结交了很多当时的权贵（其中有大太监李莲英），就不再像创业之初那样谨慎，以为有了这些朋友，即使出了什么事也不要紧。结果最后这些人不仅一点儿忙也没有帮上，反而火上浇油加速了他的败亡。还有，因犯受贿罪和巨额财产来源不明罪，被判处有期徒刑的龚旭东，原系湖北省对外经济贸易合作厅党组成员、副厅长，35岁就担任湖北省服装进出口公司副总经理，可谓少年得志。他在忏悔书中写道，志得意满的时候，奔忙于觥筹交错之中，到处套交情，认为自己的圈子可通天，与社会另类为伍，同乌合之众类聚，做奸商佞贾的狐友，坑蒙国家，中饱私囊，最终从一个领导干部蜕化变质为阶下囚。

历史的经验和教训不断地警示后人：从来就没有什么救世主，也没有神仙皇帝，要创造人类的幸福，全靠我们自己。《国际歌》里的这段话是商海里的"大悲咒"，每天念一遍，保你一生平安。

◎和记者交朋友也要慎之又慎——水能载舟也能覆舟

如果把媒体比喻成水的话，你的企业充其量就是水中的一叶扁舟，而你就是驾驶这叶扁舟的"旱鸭子"。至于你想不想玩水，玩多深，全靠你自己掌控，别人管不了。坦白讲，商人离不开媒体，媒体也离不开商人。所以，你可以和媒体打交道，也可以与记者交朋友，但属于企业商业机密的东西，绝不可以泄漏太多。你可以利用记者，替你的企业和产品做宣传，但不要完全相信记者本人。因为记者的上面还有主任、主编，还有社长、台长。千万别忘记媒体也是经济组织，有些时候，记者也会以商业利益为第一原则。个别媒体就是娱乐自己，愚弄大众，为了自己的商业利益，虚假报道，夸大宣传，甚至无中生有。这些媒体只会考虑自己的利益，不会考虑你的企业的生死。

你可以给记者一些报酬或礼品，但你不能告诉记者太多的商业底细，更不能天真地相信记者会给你保守商业秘密。要学会对记者设防，甚至不能和记者靠得太近，无论你面对的是漂亮的女记者，还是能发内参的大腕记者，都必须如此。我国的安徽宣纸、景泰蓝工艺品，堪称传统珍品。在一次公开展出中，允许记者采访拍照，甚至制作成纪录片，结果被外商分析出了工艺流程和诀窍，并马上开发出流水线，用同样的工艺制造出同样的产品，与我们的产品竞争。史玉柱的巨人集团当初之所以倒得那么快，媒体在其中也起到了推波助澜的作用，对脑黄金原料的报道，对巨人集团亏损的一再夸大，再加上史玉柱初次面对媒体的经验不足，一时间公众对巨人集团的印象"倒了个儿"。这些都说明我们在与媒体交往时，应该把握好一个度，否则水能载舟亦能覆舟。

你不要轻易相信别人，
自己却必须诚实守信

古语曰："人而无信，不知其可也。"严肃地讲，诚信关系到一个国家和一个社会的兴衰。一个国家缺少了诚信，就无法建立起良好的社会经济秩序；一个人没有了诚信，就不可能有真正的朋友，更不可能成为一个成功的商人。

◎修合虽无人见，诚心自有天知

诚信是一种品格，在中国源远流长的历史长河中，流传着许多关于诚信的千古佳话。明清十大商帮中的晋商，以"日升昌"为代表的票号，饮誉海内外五百年，诚信就是一大取胜法宝。徽商代表胡雪岩，在创办胡庆余堂国药号时，曾亲自制作了一块"戒欺"匾，匾曰："凡百贸易均着不得欺字。药业关系性命，尤为万不可欺，余存心济世，不以劣品弋取厚利，惟愿诸君心余之心，采办务真，修制务精，不至欺予以欺世人。……"胡雪岩认为，制药"修合虽无人见，诚心自有天知"，体现出了很高的道德自觉。胡庆余堂的道德自觉，一直延续到今天。近几年来，不事张扬的胡庆余堂，业绩稳步增长，发展势头十分强劲。

◎诚信的价值在现实的镜子面前，成色怎么显得
　这样不足

　　中国改革开放二十多年来，取得巨大成就的同时，也潜藏着一
个最大的弊病，就是没有建立起完善的社会信用体系。在没有诚信
的社会中生存，感觉是什么？就一个字——累！由于社会诚信的缺
失，使得商战的每一个参与者都必须支付高昂的成本，无一逃脱。
这个成本除了金钱上的，更主要还体现在精神上。现如今，诚信的

【挂羊头卖狗肉】

缺失不仅仅存在于商战之中，就连普通百姓的日常生活，也经常爆出不讲诚信引发的丑闻，以致于每天餐桌上的可口菜肴都无法让人放心食用。商务交往中，人们甚至不能轻易相信协议、合同、政府的红头文件，官员的口头承诺更是一文不值。不讲信用的案例比比皆是，生活变得越来越可疑。你抽的烟、喝的酒可能是假的，买来的"名牌"无法确认它的真伪，穿警服的未必就是警察，给你看病的也未必是医生，林林总总不一而足。而像ST猴王、ST幸福、银广厦等上市公司的诚信缺失，更是让投资者血本无归、欲哭无泪。

兵法里有"兵不厌诈"之说，如今却淋漓尽致地用在了商场之中，商业社会已经进入欺骗与反欺骗的心理扭曲时代。切记：哪怕合约让你的律师看过了，公证处公证了，你都不要轻易相信，甚至当客户把钱汇入你指定的账户以后，你都必须进一步确认，这笔钱你能不能拿出来，是能转账还是能提现。而合约以外，涉及到利益冲突的任何口头承诺与解释，你都不能当真。无论对方是谁，哪怕是你交了几十年的朋友，都必须如此。主动染上这种疑心病，在商场上反而有利于强身健体。记住：在中国搞企业，第一要务不是赚钱，而是控制风险，商人必须要有强烈的风险意识，只有学会控制风险的商人，才是真正的不败商人。

◎众人皆醉唯我独醒

大街上有垃圾，我们就应该像苍蝇一样活着吗？当然不是。作为商人，必须懂得市场经济一定是信用经济。信用堪称市场经济的道德基石，其核心在于商人从事经济活动，必须遵循规则，

【轻易不要相信别人的承诺】

严守诚信。虽然当今社会在市场体制不健全的情况下，欺诈无处不在，但你必须鹤立鸡群，做一个守信誉的君子。在中国做商人和做男人一样，肩负着社会和家庭的双重责任，必须一诺千金，守信用、负责任。虽然大环境中没有多少信用可言，但是，在你的小商业圈子中，你必须建立起自己的信用体系。如果没有把握，轻易不要对你的董事会、合作方或者员工作出什么承诺。一且承诺了，无论多难都必须兑现。即便是说错了，打掉牙也要咽到肚子里，决不能反悔，更不能修改自己的承诺，哪怕是真错了，也只能下次再接受教训了。当然，这个原则对于不守信用的人可以例外，兵不厌诈嘛！

所以，确定自己一定能够做到的事情，才可以承诺，不要夸大其辞口无遮拦，更不能说无法验证和无法兑现的玄话，让对方感到你是个"大忽悠"。你如果想做个好商人，就必须树立自己的信誉。虽然你可以不在乎外界对你的争议（大多数成功的企业家都是有个性、有争议的），甚至你也可以制造争议，但你不能失去信誉，否则你就不是一个好商人，而是一个骗子。守信誉具体包括，你如果和别人约了2:00见面，那么你可以1:50到场，但绝不可2:01以后出现。如遇交通堵塞或意外事件，那你必须及时通知对方，除非你出了车祸，遇到空难昏迷不醒或者已经死亡，否则你都没有理由违约。而你的涵养则体现在，当对方不守时、不守承诺时，你能给予对方的是宽容和谅解。我提倡的不是"忍"而是"容"，忍字是心上一把刀，"忍"不住，"刀"要是掉下来会很危险。"容"则不然，容不下大不了"溢"出来，不伤自身。天下的商人千千万，对那种不讲诚信的"大忽悠"，以后不要再理他不就得了！

◎反击适度，留有余地

如果你确认，对方是为了利益而一再违约和欺骗，那么你一定要让对方为此付出适当的代价。这里强调适当，就是说要把握好分寸。假若对方骗你是十分，你反击的时候不要超过八分，一定给对方留条活路，切记：反击适度，留有余地。

兵法上有"穷寇勿追"、"网开一面"，讲的也是这个道理，给对方留有余地也是给自己留退路。电视剧《大染坊》中，孙明祖的元亨染厂，为遏制陈寿亭所在的大华染厂，采用美人计骗出大华染厂的染布配方，陈寿亭将计就计向孙明祖提供了做了手脚的配方。孙明祖自以为得手，为一举打败陈寿亭，开动所有机器生产。孙明祖得意之时，却不知陈寿亭暗藏的杀机。用陈寿亭配方染的布匹三天之后开始掉色，各地纷纷退货，元亨染厂面临倒闭的危机。孙明祖无奈之下向陈寿亭求救，陈寿亭为人宽容大度，帮助元亨染厂起死回生。此后孙明祖甘拜下风，决心与陈寿亭协同发展。 陈寿亭的做事方法很好地佐证了以上观点。

你只可以赌一次，
然后永远不能用赌的心态做事

在有的人看来，人生何处没有赌，无论是创业还是选老婆，不管是买房子，还是炒股票，都有赌的成分，都可能是一场赌局；对于不能绝对掌控后果的未来选择，就是赌。再说这个世界变化这么快，又有什么是能绝对可以预知的呢？

以上看似有点道理，实则不然。商人凡事都用赌的心态，必然产生侥幸心理，做生意经常存有侥幸心理，一定不会有什么好结果。

◎躁是万恶之源，赌是必败之路

赌的心态是做事浮躁、急功近利的表现。商人最怕的就是急功近利，最忌讳的是拍脑袋决策，用赌的心态干事业。特别是在经历了一次失败或企业经营低迷时，人们总是想急于证明自己不是个"孬种"，于是躁从心头起，赌自胆边生。也许你会侥幸成功，但极有可能导致更大的失败。那么在更大的失败面前，你是否还有信心和实力东山再起？况且，你在赌的同时，会自觉不自觉地干些出格的事，你会把道德底线一降再降，甚至玩起心跳，玩起时空大挪移。切记：真正的赌徒不会有长久的追随者，你这样做的结果也会

毁了你的团队。

2003年，浙江金义集团老板陈金义决定将公司主业转型，停止已成气候的饮料主业投资，转而全力主攻被称为"水变油"的乳化燃油项目。这期间，陈金义几近固执地将所有家当，都押在了他寄予全部希望的乳化燃油项目上。三年多只有投入毫无产出的经营，终于导致了金义集团的财务危机。万向集团董事局主席鲁冠球致信陈金义说："我很心痛。"而陈金义则公开表示："要将这一项目义无反顾地进行到底。"美好的远景让陈金义豪赌一把，倾尽集团数亿资产，以及自己从商二十多年来的声誉，对这一所谓"水变油"项目的真实性进行担保，并不计代价和后果地走到底。2004年，陈金义将其最核心的资产——金义控股的股权转让，置换成现金后继续追加投入。显然，为了支持新的项目，陈金义已决定破釜沉舟。陈金义的问题在于，企业的升级转型，不是一定要通过可能把企业彻底毁灭的"赌博"式的激烈方式来完成的。在金义集团"义无反顾"的转型中，陈金义很少想到这些不确定性，更多的是对项目成功后的憧憬。

◎"作风"比技术更重要

客观地讲，商战中的搏杀非常激烈，需要高超的技术才能获胜。然而，企业在日常的经营和寻求更大发展的过程中，随着成本不断增加，从而会引发企业对暴利的渴求。成本的增加，对暴利的渴求，改变了一部分人获取利润的正常心态，追逐利润的手段也开始趋向畸形。而由此造就的商人一定是"流星"式的，转瞬即逝。

其实，一夜暴富的时代已经过去，或者说根本就不存在一夜暴富的时代，除非你有特殊的背景，或者买彩票中了大奖。但那可不是你选择了暴富，而是暴富选择了你。回到现实中来吧，无论是实业投资还是资本投资，要想创业成功，要想做一番事业，必须要"稳"，要"沉"得下心来，不要想着一开始就怎样怎样，要有耐心，一点一点做起，而不要乞望"一口吃出个胖子"。

进一步讲，做生意首先要考虑的是生存问题，只有先在市场中生存下来，你才有可能抓住后面出现的机会。你要冷静地确定个人意义上的成就到底是什么样子，你计划中的目标是否符合实际，千万别让情绪干扰了理智，不要参与一次成败就决定终身的角逐，要学会自我承受和坚守。记住：人的性格都有两面性——坚定与动摇、顽强与脆弱、胆识与畏缩、耐心与急躁、细心与草率、谦虚与骄傲、知足与贪婪、果断与迟疑……成功人士之所以成功，并非他们天生没有缺点，而是他们在实践的磨炼中，努力发挥自己的长处，注意克服自己的短处，压抑自己的"赌性"。

然而，"赌"是人的天性，特别是中国人，赌性难改。有些商人的"赌性"，就像人每天需要去洗手间方便一样，成了"生理习惯"。到现在还有些国企商人，先是拍脑袋决策，然后拍胸脯表态，最后拍屁股走人。由于体制所限，他可以不为这个"赌"的后果负责。当然，国企现在实行"问责制"后，你不科学决策，不按程序表决，可能要为 "赌"的后果付出职业生涯的代价，涉嫌渎职还会有牢狱之灾。民企商人如果赌性不改，经常孤注一掷，不理性投资，离破产也只有咫尺之遥。

◎你可以赌一次，此后，输不起的事最好别做

在你创业之初的时候，我们也可以把它看作是一次"越狱"，为了实现个人成就的梦想，挣得原始积累的第一桶金，你可以"赌"一次。因为那时你一无所有，赌输了还是一无所有，赢得起也输得起。当你有了原始积累之后，鸡蛋就不要放在一个篮子里，决不能一直用赌的心态做企业。不能动不动就孤注一掷，你能赢得起但你可能输不起的生意最好不做。

所以，在做任何生意以前，你都必须首先考虑清楚，如果你输了，那么你是否输得起，而不是先去考虑你如果赢了会怎样怎样。这就像到电影院看电影，入场后先找到厕所，然后看好安全门的位置，找到了出口以后，才能坐下来欣赏电影。想通过一场豪赌"出奇制胜"，最后压垮的可能是自己。考虑输的范围时，你也不要只考虑钱财方面。作为商人，有些东西你永远都输不起，包括你的家人、你的员工、你的信誉。所以你在做重大生意决策前，要全面考虑清楚，你究竟输得起输不起，如果输得起，你就义无反顾地做去吧！

【不能用赌的心态做事】

142

学会用打高尔夫的心态经商，
平心静气，不要太在乎眼前利益的得失

据说高尔夫（GOLF）是由绿色(Green)、氧气（Oxygen）、阳光
(Light)和友谊(Friendship)四个英文单词的首个字母组成的，我
们暂且不去探究是不是这么解释，仅从高尔夫这项运动的潇洒、
从容、舒展等特质来看，它对商人经商有一定的启示作用。

◎准确比距离更重要

打高尔夫球讲求心态、技术和体力三大要素的有机结合，三者
缺一不可。其中，心态最重要，心态决定最终结果。高尔夫的场地
和环境随时在变化，如风速、草地的摩擦力、坡度等，这就需要球
手沉得下心来，冷静观察并作出决断。在击球的瞬间不要受任何外
界的干扰，脑子也不要思考击球以外任何繁杂琐事，哪怕是接听一
个电话或球童弄出点声响，都可能对你的击球质量产生影响。当球
手专心致志想好怎样击球，一旦击中了球，球将落到哪里，已经不
是他能控制的事了。

商人经商和打高尔夫球一样。站在发球台上准备发球，其实
就是"决策"，执行决策就是"击球"。在击球的时候不要考虑结

果，因为结果是站在发球台之前需要考虑的，只要你全神贯注地击球就行了。在高尔夫球场上，球手常犯的错误是，在完成击球动作之前，就恨不得去看球打到哪里去了。这与生活中人们常犯的错误何其相似——往往一件事情还没做完，就急着去看结果，或干脆放下手中没有干完的事，去做另一件事了。

开球距离也是高尔夫比赛的关键，开球越远越好，因为这样可能用更少的杆数将球推进洞中。因此，许多人希望将球开得很远，也想碰碰一杆进洞的运气。其实，除非顶尖高手，你不要试图将球打远，而应将球开得正。球打得远有风险，如果球飞进树林里，不知多少杆才能打出来。同理，商人经商不要过于求快求大，不要一味追求利益上的"大跃进"，否则，很可能适得其反，多走弯路。

◎平心静气做生意

高尔夫球是一项挑战自我的运动，有助于练就球手大度、平和的品格。球手们在散步、说笑中完成比赛，根本见不到其他球类比赛那样的火药味儿。一切顺其自然，淡化眼前的一得一失，其友谊的成分超越竞技本身。

做企业亦然。切记：有所得就会有所失，有所失就会有所得。做好手里的事，是一种选择，而有时放弃可能是更好的选择。天下的商业机会很多很多，真正属于你的，你能把握住的，有一两个也就够了，其他的机会和金钱本来就不是你的，所以，何不在一得一失面前大度一些呢？更何况，更大的商业机会正在等着你去把握呢，你应该没有时间计较一时的得失才对。

【用打高尔夫的心态经商：潇洒、从容、舒展】

　　此外，对于生意上的债务，你应像饱经风霜的老者，尽量平心静气，以德服人。因为，利益固然重要，但你通过各种努力都无法解决，恨得你牙根直痒也没用，这样只会伤身。假如有人欠你10万元，多年追讨不还，最后，你连人也见不着，甚至电话也打不通，你肯定很生气，它会直接影响你的情绪。为追讨这笔债务，也会占用许多宝贵的时间。那么，你为什么不换一种方式呢？比如说：免除他这笔债务。给他写一张便条，告诉他这笔债务已经取消，然后去做你应该做的事情。如果有一天他还想还这笔债务的话，你将不胜感激。这样做的结果，可能有意想不到的收获。一是你彻底放松了，心情好啦，可以专心致志地去做你想做的事，可能会取得意外的成功，赚到许多钱；二是可能欠钱的人良心发现，承受不住心理压力主动来还钱。相反，如果你不放弃，很可能被纠缠到那10万元债务当中，丧失许多商业机会。

《三国演义》中，周瑜被塑造成一个才华横溢却度量狭小的英雄人物。据史书记载，周瑜并不是小肚鸡肠，而是相当大度宽容。比如说，东吴老将程普原先与周瑜不和，关系很不好。周瑜不因程普对自己不友好，就以其人之道还治其人之身，而是不抱成见、宽容待之。日子长了，程普了解了周瑜的为人，深受感动，体会到和周瑜交往"若饮醇醪自醉"，意思是就像喝了甘醇美酒自醉一般。

所以说能保持一个良好的心态，是商人最重要的商业素质，是做好任何事情的前提条件。

商人要抱平常心，做平常事，
不过多用金钱粉饰自己

人最重要的特征之一，就是有理智、善推理、会思考。商人对任何事情都要有自己的判断，这种判断能力来自于生活的体悟和阅历的积累。抱平常心，做平常事，不过多用金钱粉饰自己，这是商人必须具备的、非专业化的普遍性的常识。

◎切忌理性的童稚化和弱智化

历史上南北商人有很大的文化差异。南方的商人文化，是为了利益可以不计较面子，而北方的商人文化，往往是为了争一个面子，可以放弃利益。在"面子"上的价值观，可能是南北方商人的最大区别。

随着市场经济的不断发展，社会的不断进步，南北商人的文化差异也在缩小。但是，商人们的"面子工程"，俨然已成为南北商人认同和接受的文化。爱面子、讲排场、比奢侈消费，已经成为部分商人，特别是一些民企商人的时髦追求。他们昨天还循规蹈矩、心态平和，今天却突然失去了成长的思维能力，好像他们的心理在拒绝成长，拒绝成熟。究其原因，就是他们骨子里小农意识的外化，这也是暴发户的典型特征之一——有了现代化的物质基础，自身却并没有从心理素质、思维方式和行为方式上经历一次脱胎换骨的转变，而是一屁股坐在湿漉漉的路边石头上，尽显精神侏儒的一面。其实，作为商人，抱平常心，做平常事，是你源源不断取得财富的根基。根基不牢，再恢弘的事业也会一瞬间回归到零。

韩国电视剧《商道》描绘了20世纪初朝鲜巨商林尚沃，从一个出身卑微的店员，一度潦倒背运被迫做了和尚，但最终获得人参的垄断贸易权而富甲朝鲜五道的故事。令人钦佩的是他以此善终，还获得了"天下第一商"的美名。要知道，中国历史上富可敌国的商人大有人在，而能够善终的却少之又少。林尚沃的信条是"财上平如水，人中直似衡"，意思就是财富平等如水，为人正直如秤。

上海铭源集团董事余惕君认为，没有合作者就没有生意圈。无论你有多大能耐、多高地位、多少钱财，你还是要怀平常心、说平常话、做平常事。拥有平常心，就能正确对待自己，正确对待别人，从而培育出良好的人际关系，你就有了取之不尽、用之不竭的财富。毛泽东也曾把《红楼梦》中的"世事洞明皆学问，人情练达亦文章"这两句话亲笔书写成条幅，送给他的女儿李讷。

◎重建人与自然的关系，生活在真实的世界里

你是不是以为两只手戴了12个金戒指就显得阔气？你是不是每天刷牙洗脸时，都对着镜子端详一番，欣赏自己脖子上的珠光宝气？想一想自己是否整天在营造一种梦幻的感觉，感觉的梦幻？可能你不相信或者也没有意识到，自己的许多行为正沿着畸形曲线运动。通常，人们都会侧目那些手指戴满戒指，脖子挂着粗粗的金链

子，把自己装点得耀眼夺目、金光闪闪且满嘴胡言乱语的商人。这些人似乎把自己当作登临天下且能普渡众生的强者，让你哭笑不得。你会心里暗笑："此人不过是一个土包子！暴发户！"

对商人而言，有一间庄重大方的办公室、一部安全性能好一点的车、一套温馨的居所，是非常必要的。这些不仅仅是面子的需要，也是合作方和客户考察、衡量你是否具备商业实力的必备条件。虽然必要的面子对你很重要，但相对于你自己的人格魅力而言，有没有名车，有没有带游泳池的别墅，有没有五星级（HOUMA）高尔夫球杆以及名贵服饰，甚至是什么发型，这些都会显得微不足道。你可以按自己喜欢的风格穿一双"内联升"的布鞋，也可以穿你喜欢的高尔夫T恤衫和马甲。事实上，朴实的外表很容易给对方平等和安全感。而谈话的方式一定要轻松幽默、落落大方，不要咬文嚼字，让对方产生距离感，更不能满嘴脏话，摆出一副"我是流氓，我怕谁"的架势。

朴实的外表、诚恳的态度、睿智的思维，是商人与陌生人合作的敲门砖，同时也是你判断对方的依据。如果你遇到过于用金钱来装饰门面的商人，那简直就是在检测你忍受痛苦的能力。对于这样的人，有两个答案可供选择：要么他是个骗子；要么他就是一个没有多少文化底蕴的暴发户。你最好不要和他有商业上的合作。躲避生活在梦里的人，是聪明商人的普遍选择。

近年来，个别山西商人拿麻袋装钱到北京购房，买高档车，购豪华奢侈品，而他们的煤窑却经常透水、塌方、死人。这鲜明的反差，让人们对晋商的印象从此打了折扣。"钢铁大王"卡耐基说过："一个人在富有中死去，是一种耻辱。"此言令人深思。比尔·盖茨是世界上最会赚钱的人，但他只留几百万美元给孩子，其他资产全部捐给慈善事业，媒体夸他"回报社会的热情甚至超过他赚钱的热情"。

企业家赚再多的钱也是社会财富，自己也不过是社会财富的管理者。回报社会不是因为你有多高尚，而是你必须如此，因为这是对整个人类生物链的维护。企业家能够赚得上亿元的利润，只是因为你能干吗?当然不是，是社会大众帮了你，是你的员工帮了你。那么你要还员工的情——把员工的饭碗保住；还政府的情——自觉依法纳税；还要还社会的情——尽可能多地回报社会。而不要有那种暴发户的心态，一味地对自己"浓妆艳抹"，否则，必将使自己跌得很惨。所以，我劝商人们还是素面朝天为好。

【危险的暴发户】

做人要厚道，不要用
黑白道的规矩去解决生意上的冲突

俗话说："小胜以智，大胜以德，至胜以爱。"人性之美，好比一轮金赤朗耀的圆月，唯有与高处的皎洁对视，方能折射出其对待生命的真正态度。

商人的商业道德至关重要。有时，一个人商业道德的好坏，决定了他"资本力"的大小。对于你想与之合作共事并希望忠诚于你的人，你一定要获得他们对你为人的认可和尊敬，而不是对你"财大气粗"的羡慕和敬畏。换句话说，你的人格魅力，很可能是你手中最大的"资本力"。

商人不可以搞阴谋，只可以搞阳谋。做大生意的人不能靠耍小聪明，更不可以搞"下三滥"的小动作。耍小聪明的人永远做不成大生意，"下三滥"更是令人不齿的招数。你的一切经营活动都应该坦坦荡荡、光明磊落。

◎大智若愚，大巧若拙，太过精明的人并不招人喜欢

人们大都喜欢忠厚老实的人，俗话说"傻得可爱"就是这个道理，"猴精猴精"的人往往招人嫌。因为和过于精明的人在一起，会觉得自己处于劣势而没有安全感，所以会时刻提防，生怕

被算计。

　　作为商人，只有为人厚道才能获得人们（包括你的竞争对手）的喜爱和尊重。生意场上厚道不厚道，没有一个统一的标准，但对合作伙伴一定要讲商业道德，真心相处，以诚相待，有钱大家赚，小亏不计较，这应该是最起码的厚道吧。其实，即使是你嗤之以鼻的人，当人家春风得意的时候，在没有招惹你的情况下，也不要翻人家过去的糗事。

【不要用黑白道的规矩去解决商业上的冲突】

有的商人情商和智商都不如人家，运气之神又不常降临，生意日渐衰落，因此常常嫉妒怨恨同行，看谁都不顺眼，总想使用"下三滥"的手段，弄出点事儿来恶心和贬低别人；或者干脆自己钓不着鱼，就不断往水里扔石头，"我钓不着，别人也别想钓"。这种小动作与商人应该具备的品德实在是不搭调，有失厚道。其实，你用"阴沟功夫"对付别人，有很多双眼睛在看着你，你的搭档、员工、合作伙伴，他们会在心里鄙视你，你会慢慢失去周围人们对你的信任和尊重，并且你的良心也从此将背上沉重的十字架，扭曲的灵魂再也无法回归坦然和宁静。所以，切不可用"下三滥"手段对待你的合作伙伴甚至客户，这是最起码的商业道德问题，是商人切不可触犯的"天条戒律"。

　　不可否认，中国改革开放初期，我们亲身经历和亲眼目睹的一些事情，确实颠覆了许多传统的价值观念。由于法律法规、市场环境、信用体系等尚在建立和完善中，很多早期的创业者，对商业道德和游戏规则无法准确把握，又何谈对商业信用的坚守？就像一场没有规则和裁判的足球赛，很难想像比赛过程的混乱和比赛的结果。

　　改革开放二十多年来，市场最大的缺失就是商业信用。诚信的缺失对整体商业环境和企业商业形象的破坏，是任何经济利益都无法弥补和修复的。媒体不断曝光的各种损害老百姓利益的虚假广告、伪劣产品，给人们心中留下了难以磨灭的"骗子"印象，重创了商人们赖以生存的市场空间。愚蠢的商人们，若再为获取利润而降低商业道德标准，肆意践踏商业诚信，无异于杀鸡

取卵，饮鸩止渴。

"不矜细行，终累大德。"商场上冲锋陷阵的你，虽不想修炼成大德，但起码的道德标准和底线则必须坚守。"零和游戏"中，游戏者有输有赢，一方所赢正是另一方所输，游戏的总成绩永远为零。"零和游戏"原理之所以广受关注，主要是因为人们在社会的方方面面都能发现与"零和游戏"类似的局面，胜利者的光荣后面往往隐藏着失败者的辛酸和苦涩。当今世界，随着经济高速增长和科技进步，全球一体化了，人类面临着日益严重的环境污染，"零和游戏"观念逐渐被双赢甚至多赢观念所取代。人们开始认识到，利己不一定要建立在损人的基础上，通过有效合作皆大欢喜的结局是可能出现的。从"零和游戏"走向双赢或多赢，要求各方面有真诚合作的精神和勇气，在合作中不要耍小聪明，不要总想占别人的便宜，要遵守游戏规则，否则双赢或多赢的局面就不可能出现。

◎ "得人心者得天下"，想当商界王者必先学会当"仁君"

《孙子兵法·火攻篇》中说："主不可怒而兴师，将不可愠而致战。"生意永远是生意，生意上的矛盾和冲突，要用商业规则去化解，千万不能随便动怒，利用黑道规矩去化解生意上的冲突，哪怕你真的认识几个黑道上的人物。做生意靠的是头脑和信誉，不是靠四肢有力或是"血雨腥风"，不是靠"撂倒"或是"做掉"几个竞争对手。即使你利用黑道摆平了对手，那也是暂时的胜利，将来还会有人用同样的手段来摆平你，这就是因果报应。这样的故事在影视、小说和现实生活中反复出现，举不胜举。

　　或许你有些白道上的背景与资源，然而官宦权力本来就不稳定，一拨又一拨走马灯似的官员轮换之后，还能剩下几个人"罩"着你？红顶商人胡雪岩，曾经是官商一体的杰出代表，但是随着朝

【商人要厚道，太过精明的人并不招人喜欢】

廷高层官员的更换，当他失去荫庇之后，庞大的商业帝国一夕崩塌，让人扼腕叹息。

"心态重于技战术。"你要反思一下，是否在生意上吃点亏，就觉得"太伤自尊了"，马上就想到开启你的"黑白账户"。如果这样，那你这个商人顶多就是个"赝品"。你既然选择了商人这个职业，就必须遵守商场上的游戏规则，而不能脚踩黑白两道。生财之道只能是靠自己的人格魅力、商业信誉，并和你的商业伙伴结成坚强的同盟，此乃正道。

切记：先做"仁君"才能成为"王者"，厚德载物，你的资本才能保持长久的统治力。

商人要耐得住寂寞，
敢于激流勇退

商海茫茫，百舸争流。商场如战场，大家如八仙过海各显神通，披荆斩棘，以求杀出一条血路。优胜劣汰是市场竞争永恒的主旋律，只有大智大勇者才能脱颖而出，成为中流砥柱，逃脱沦为沙粒的厄运。一个聪明合格的中国商人，要深谙国有企业体制和机制的弊端，也要拿捏好民营企业"近亲繁殖"的弱点，同时还要能驾驭和了解人性本身的缺陷，尊重和适应普遍规律，才得以善终。

◎上联：早退晚退早晚得退，
　下联：早死晚死早晚得死，
　横批：早退晚死

孔子说："三十而立，四十不惑，五十而知天命。"其实说的就是人一生事业发展的几个大阶段。

一个商人，特别是一把手，在同一个工作岗位上，连续工作的黄金周期应该是4年，可以连任两个周期，也就是8年，8年应该是极限。如果你在同一岗位，连续工作8年仍不卸任，继续留恋这个位子，无论对企业的发展，还是对个人的前途，都是弊多利少。民营企业可能造成企业发展停滞或放缓，国有企业就不仅仅是停滞和放缓的问题了，更严重的问题是"自伤力"放大，各种矛盾会日积月累，逐步集中和显现。

为什么呢？8年时间既短暂又漫长，8年的风风雨雨，成功与失败，让你积累了一些经验，成多败少的业绩也难免产生几分自信。然而，恰恰是这些"经验和自信"，非常容易使人自我迷失。这种"自我迷失"轻则影响你的生活质量、干群关系、企业创新，重则可能导致企业管理、人事和信任危机。危机一旦不能化解，你就有可能为此付出提前结束职业生涯的代价。如果你是一个贪恋权位，又不会很好约束自己的商人，那后果可能更严重。所以，到了一定的时候，不是"该出手时就出手"，而是"该住手时就住手"。

孙武是春秋时期杰出的军事家和伟大的思想家。他的杰出与伟大不仅在于隐居田园多年，潜心钻研军事兵法，在伍子胥的真情邀请下，出任吴国的军师，协助吴王打了一系列的漂亮胜仗，尤其是打败当时最强盛的楚国。更在于他功成名就之后，不要荣华富贵的封赏，也不要高官重位，而是激流勇退，回归田园，继续过清静平淡的生活。

【经验和自信非常容易让你迷失自我而深陷其中】

当美利坚合众国成立的时候，华盛顿作为首位开国总统，功勋卓著，地位尊崇，他完全可以弄个终身总统，估计老百姓也不会有什么异议。然而，他却执意不再连任，回乡种田。他说："……我早就怀有的渴望，那就是告老还乡，安享天年，怀着莫大的安慰，想到自己已经在能力许可的范围内对祖国尽了最大力量——不是为了发财，不是为了飞黄腾达，也不是为了安排亲信，使他们得到同他们的天赋才干不相匹配的职位，当然更不是为了给自己的亲属谋求高官厚禄。"华盛顿的这番话，闪耀着历史的光辉，至今仍深深印在人们的心中。

"功高震主者身危，名满天下者不赏"，"弓满则折，月满则缺"，"凡名利之地退一步则安稳，只管向前便危险"。这些都说明了"知足常足，终身不辱；知止常止，终身不耻"的道理。爬得越高，可能摔得越重。因为权力最能腐化人心，多少世人由于贪图名利，而招来无穷的麻烦。比如韩信由于贪念权位，当功成名就有功高盖主之嫌时，仍不思退让，没有把握好为官做人的尺度而不得善终，最后招来杀身之祸。而张良、范蠡不贪恋权贵，识大体顾大局，能够激流勇退，最终保全了自己的生命。历史经验证明，贤达之人的高明之处不是"拿得起来"，而是"放得下来"。

在我们周围，很多人在一个岗位一干就是一二十载，从满头黑发干到两鬓斑白，从小学员熬成劳苦功高的老前辈，他们宁可整天抠脚丫子晒太阳，也不愿意挪窝换地方。社会在前进，时代在发展，美国那么先进发达，总统也一届四年，最长不能两届，我想应该是一个科学的总结吧。这也说明一个人在同一位置上，日久天长所产生的局限性是很难避免的，超过了这个时间极限，负效应大于正效应。商人干事业靠的是商业的敏感，凭的是激情和冲劲。现在的你已经不是若干年前的你了，很难摆脱"经验和自信"的困扰，很难再现当年的激情、冲劲和敏感。你那种留恋过去的回忆，满足当前小康生活的情结，不出问题是偶然，出现问题是必然。

现在好多人怕退休，怕离开自己的岗位，怕告老还乡后有诸多不适应，怕一下子退下来找不着生活的平衡点。其实，仔细想想，人生在世，告别历史舞台，谢幕人生都是迟早的事，有什么好怕的？怕，不也得面对吗？为了虚荣而坚守，为了虚名而不放弃，就会降低自己的生活质量，也会影响事业的继续发展。为何不挑选一个功夫跟你当年一样，或者比你更强的人来接你的班呢？

◎固步自封枉为人中杰，激流勇退堪称真英豪

漫漫商海，多少英雄豪杰、商业精英在艰苦创业，在夹缝中求生存，生意从无到有、从小到大，在行业中撑起一片天地。但是，往往这些叱咤风云的商业精英，能"拿起来"却"放不下"。一旦投入其中，便自觉不自觉地与自己所服务的企业产生了感情，甚至产生了"恋情"。与企业产生感情是可以理解的，而与其产生"恋情"却是商家大忌。"恋情"会"一叶障目"，使你无法再看到新的商机。你应该时刻用投资者的眼光看待企业，用资本运作的方式和方法去对待它。该住手时就住手，该变现时就变现，千万不要"恋战"。

进一步讲，你不要忘记商人的职责，你是投资人不是"老公"。做一个投资人和做老公不一样，不能与项目"恋爱"，不能与企业"白头到老"，成功的商人要用"人贩子"的心态对待企业和项目，要在项目的"壮年期"，企业最辉煌的时候与其分手。要时刻保持头

脑冷静，千万不能因为一时的成功
而忘乎所以，而要学会激流勇退。

但是，"激流勇退"这4个
字，上至皇帝伟人下到贫民百姓，
能准确把握、运用自如的人可谓凤
毛麟角，说起来容易做起来很难。
谁能做到，谁就是一位千古"不
朽"的商人。

IT行业的领军人物将激流勇退
做得很到位。比尔·盖茨6年前辞去
了微软首席执行官一职，2006年又
宣布将退出微软日常业务，将更多
的时间用于慈善事业。这位哈佛大
学昔日的辍学生，创建软件商业帝

【大丈夫何患无妻】

国并成为世界首富以后，又将开启新的人生里程。年过50的盖茨表
示，他已开始进行工作交接，预计在两年内完成。届时他将不再负
责微软的产品开发。从2008年7月起，他将全身心致力于盖茨基金会
的发展，投身于发展中国家的健康项目及美国的教育项目。

茅道临在2001年临危受命接任新浪的CEO，他在上任的时候
确定了两个目标：一是，希望两年内，新浪能够建立一个多元化业
务体系；二是，扭亏为盈，并达到规模赢利的水平。两年后，茅道
临与董事会商议，希望功成身退，能够交棒给新人。董事会再三挽
留，而他执意"激流勇退"。2003年5月，茅道临正式辞职。

新陈代谢，吐故纳新，长江后浪推前浪，这是事物发展永恒

不变的规律。纵观我国企业更换主帅的故事，不难发现许多企业的老帅们，不愧是识时务的俊杰。他们或主动让贤彻底退出，或激流勇退淡出一线，放手由新生代去创造新经济时代的企业辉煌。据了解，退居幕后的商帅，联想的柳传志57岁，海信的周厚健只有43岁，他们都正值年富力强的壮年，处于事业的顶峰。按照长虹倪润峰的话说："他们都还有几年甚至十几年的干头，他们提前让贤体现出一种深谋远虑。"新上任的大都是少壮派，年龄一般在35～45岁之间。

记得著名的"墨非定律"中说，不要以为自己很重要，没有你，明天的太阳照样会从东方升起。商人要学会"激流勇退"，项目要在收益最好的时候考虑变现 ；国企商人也要在企业鼎盛时期寻找另一个平台。不论你的故事有多么精彩，过去的故事永远属于过去。没有人可以挽留时光，更没有人能够让事业永恒。也许你昨天曾经是一个成功者，拥有过辉煌业绩和美好的回忆，但这毕竟属于昨天。知进退，明得失，善取舍，才堪称高境界。富而不骄，功而弗居，为而不恃，功遂身退，虽然不至于得福，却已远祸。

"昨夜星辰昨夜风"，工作不是生活的全部，生活也不仅仅只是工作。人的一生要善于取舍，懂得进退，这样你会看到人生最好的风景。多读读老庄哲学，你也会明白，得意与失意两极相通，聪明与智慧物极必反。

激流勇退无遗憾，耐住寂寞世名扬，关键时刻的"退出"，高峰时刻的"退出"，将会带给你人生更多的辉煌。

谢幕吧！

给自己留条后路，
预防众叛亲离

兵法上有"置之死地而后生"的说法，我们也都知道项羽破釜沉舟巨鹿大败秦军的著名战役。但现实中更多的是"未雨绸缪"、"不要把鸡蛋放在一个篮子里"的经验和智慧。也就是说，生活当中你要有防患于未然的意识，凡事不能做"绝"，一定要给自己留条后路，留口"气"。

◎即便是"赌徒"，也要想着给自己留条"命"

这年头，凡事做充分的准备，尽一切努力争取最好，但也要有接受最坏结果的心理准备。即便是一个嗜赌如命的人，也要给自己留一条退路，留一点点生的希望。无论什么时候，命运掌握在自己手里，总是一件幸福又踏实的事情。虽然留条后路可能是一种逃避的消极心态，但是，它可能是你没有考虑清楚，或者根本就不知如何突破时的最佳选择。

如果真的是无路可走了，必须以命相搏去豪赌一个未知的结局，纵然过程会惊险刺激、刻骨铭心，但其结果往往出乎意料，不是你的期望。切记：不到万不得已，千万不要把自己逼到这一步，而你平时则不要把事情做绝，以免伤人伤己。

有这样一个故事。在一片沙漠的两边，有两个村庄，如果绕过沙漠，至少需要马不停蹄地走上20天；如果横穿沙漠，只需要3天就可以抵达。但横穿沙漠太危险了，许多人试图横穿，却无一生还。

有一天，一位智者经过这里，让村里人找来了许多胡杨树苗，每半里栽一棵，从这个村庄一直栽到了沙漠那端的村庄。智者告诉村里人，如果这些胡杨树有幸活了，你们可以沿着胡杨树来来往往，如果没有成活，那么每一个行路者经过时，都将枯树苗拔一拔，以免给流沙吞没了。

结果，这些胡杨树苗栽进沙漠后，全部被烈日烤死了，最后成了路标。沿着这些路标，两村人平平安安地走了十几年。

一年夏天，一个外地僧人坚持要一个人到对面的村庄去化缘。大家告诉他，经过沙漠时遇到倾倒的胡杨一定要向下再插深些，遇到即将被吞没的胡杨一定要将它向上拔一拔。僧人答应了，然后就带了一皮袋水和一些干粮上路了。遇到一些就要被沙漠彻底湮没的胡杨时，这个僧人想，反正我就走这一次，湮没就湮没吧。他没有伸手把这些胡杨向上拔一拔，遇到一些被风暴吹得摇摇欲倒的胡杨时，也没有伸出手去将那些胡杨向下插一插。就在这个僧人走到沙漠深处时，静谧的沙漠忽然间飞沙走石，许多胡杨被湮没在厚厚的流沙里，也有一些被风卷走了。僧人像只无头苍蝇一样东奔西走，却再也没有走出这片沙漠。试想，如果他能够按村民所叮嘱的去办，既给别人留了一条路，同样也是给自己留一条生路，就不会葬身于沙漠之中了。

◎留一条后路，如同存一笔私房钱

人在江湖飘，谁能不挨刀？

生活当中，背叛与反背叛、伤害与反伤害的事情时有发生。

能谈得上背叛你的人，基本上是你身边了解你的人，也许是你曾

【要给自己留条后路】

经的朋友或部下，也许是你的亲人或至爱……一般来说，"叛徒"都能直刺你的软肋，击中你的要害，因为他们是了解内幕的人。所以，商人最忌讳内部人背叛，因为它能导致企业"鸡飞狗跳"，人人自危，让人无心工作。国企中的背叛体现在写匿名信、告黑状上。民企的背叛往往体现在商业机密外泄，让你损失惨重，甚至身陷囹圄。总之，无论是什么性质的企业，背叛都是企业无法承受之重。

存点私房钱吧，这种"小动作"不是为了干坏事，而是为了保护自己不受更大的伤害。虽然众叛亲离是一种极端的现象，你可以不希望，但不可不防备。所以，在适当的时候，必须给自己搞一点"风险准备金"，尤其是当你有了一定实力的时候。这对你来说，就是"初生牛犊不怕虎，长出犄角反怕狼"。"初生牛犊"可以理解为一无所有，输得起，大不了从头再来；"长出犄角"象征着成熟和富有，这个时候不能孤注一掷，因为你可能输不起了。

你可以在沉寂江湖多年以后重整旗鼓，但你不可以倒下以后就不再起来，因为你是一个商人！所以你必须给自己留一条属于你自己的后路，包括藏起一个存钱罐，虽然里面的钱不多，但是，将来你可能就是要靠这几个钱再度升空。几年前史玉柱随着巨人集团的倒下而在"江湖"上销声匿迹，几年后史玉柱携着"脑白金"东山再起，就是一个生动现实的例子。

留条后路也包括一栋（套）法律意义上可能并不在你名下的房子，那是你的"避难所"。当你灰头土脸的时候，你可以一个人在那儿疗伤，慢慢恢复元气，度过你的噩梦期。最好还能有一个平常并不经常来往，但为人仗义，并得到过你帮助的朋友，他能在关键时候收留你，陪你喝酒聊天。然而，这样的朋友，一生中能遇到一个就已经很幸运了。如果实在没有后路，你就必须要有露宿街头沿街乞讨的心理准备，但你只可以向陌生人伸手，而绝对不能向你曾经帮助过，并且欠你人情和债务，却装作不认识你的人低头。

"患难见真情"，所谓患难之交情真意切，雪中送炭刻骨铭心。人在遇到危难的时候，最能体会到人情冷暖，世态炎凉。当别人遇到困难的时候，你要有菩萨心肠去关心他，能帮一把就帮一把，虽然可能要用一笔费用，只要你承受得起，就当募捐了。其实，这也是在为自己储蓄。

春秋战国时期，晋国有一年遇上饥荒，晋惠公派大夫庆郑到西邻的秦国买粮食。百里奚觉得不能为富不仁，就对秦穆公说："天灾流行，哪个国家都逃不出这概率。咱多积点德，卖给他粮食吧。"晋国人欢天喜地买到了秦国的救济米。非常戏剧化的是，秦国次年也发生天灾了，很多秦人饿死。秦国想，去年刚帮助过晋国，该晋国投桃报李了，于是赶紧到晋国去买粮食。但是没想到晋惠公却见死不救，于是秦晋两国之间爆发了"韩原大战"。晋国失道寡助，为"见死不救"付出了代价。

◎行善方能积德，春种一粒谷，秋收万担粮

即使你掌握着企业的"生杀大权"，你也要慎用手中的权利，干什么事情别太"上纲上线"，要恰到好处，留有余地。当年张飞

天天和诸葛亮闹别扭叫劲，要是诸葛亮一怒之下把张飞给"办"了，说不定苦苦支撑的蜀国等不到"阿斗误国"，早就"灰飞烟灭"了。

我们还知道华容道关羽放走曹操的故事。尽管诸葛亮神机妙算，但关羽是个性情中人，当年他千里走单骑，曹操派人给他送通关证件，而没有派兵追杀，所以后来火烧赤壁时，关羽华容道上把曹操给放了。要是当初曹操把关羽杀了，估计华容道上碰到的就不是关羽，可能是张飞了。而在《红楼梦》中，王熙凤就因为曾经在大观园接待了一次刘姥姥，临走还给了刘姥姥20两银子，刘姥姥为此感恩多年。当贾府家道败落的时候，刘姥姥仍记挂着当年王熙凤的恩情，收留了王熙凤的女儿巧姐。

在经商过程中，给自己留一条后路非常重要。因为，这往往也是考验你的人格、品行的关键时刻。明清十大商帮中的晋商名扬四海，除了讲诚信以外，还在于能够在别人危难之时帮人一把，最后既俘获了人心，也使商帮的生意越做越大。

孤注一掷不给自己留条后路，最后往往会导致自己上天无路，入地无门，输得惨不忍睹。

第五部分

经商需用智，善谋方应市。
商人赚钱靠的是头脑，会审时度势，把握局势。
这种把握包括对市场的判断、对合作伙伴的选择、
对项目风险的有效控制等等方面，
同时还必须懂得如何定位方向，
如何选准目标，如何抵制诱惑。

中国商人要有社会主义意识

中国商人要有社会主义意识，如果你认为我是在讲大道理，那你肯定还不是一个真正的中国商人。

中国的商人，无论你的屁股坐在国企还是民企，你的脑子里都必须装有社会主义意识。你的言行应时刻与共产党的方针政策保持一致，违背法律的事情不能做，违背道义的事情更不能做。

◎明白中西有别，当好半个政治家、半个思想家、半个战略家

比较而言，西方的企业家是纯粹的商人，他们只要懂经营、会赚钱、能纳税就行。他们的经营活动主要是盯住市场，基本上不用看别人的脸色行事。他们对政府的相关政策有意见，可以言词激烈地点评。这在中国，是万万不可的。即便你是人大代表、政协委员也不能口无遮拦，不能只讲经济不讲政治。中国的商人（特别是国企商人），要努力使自己成为半个政治家、半个思想家、半个战略家。你要时刻关注时局的变化，学会把握和顺应国民经济脉搏。所以，我建议中国商人，坚持每天看中央电视台的《新闻联播》和香港卫视新闻台，关注政治、经济、社会等领域

发生的重大事件、政策变化及其走势。比如资本市场的冷暖，股票、期货的走势变化。你可以不炒股、不买期货，但你决不可以不了解行情。你对现阶段政府提倡干什么，不提倡干什么，必须做到先知先觉。因为小到一个行业的产业政策，大到国家经济政策走向，乃至国际关系冷暖，都可能对你的企业产生至关重要的影响。而中央电视台的《新闻联播》和香港卫视新闻台，就是你获取时政经济信息的免费窗口。

在具体的企业经营当中，你的企业（特别是国企）在坚持生产力标准的同时，还要兼顾政治标准。在坚持成本最小化、效益最大化原则的同时，还要贯彻好党的方针政策，时刻注意承担社会责任、促进社会和谐。在注重企业利润、注重生产力发展的同时，又不能唯生产力论。与此同时，你还要像老公恋家那样，照顾好职工的福利，管理好工会、妇女工作以及计划生育，国企商人还要抓好纪检监察工作。如此，中国商人的主要精力，不能也无法全部放在生产经营方面，必须做到"眼观六路、耳听八方"，这就是中国特色。中国商人若想在商海漫游中少喝几口水，那就请你认真想一想吧。

◎学会顺应时局，不要逆潮流而动

俗话说：穷不与富斗，富不与权斗。你可以与天斗与地斗与人斗，也可以与市场斗，但再雄性也不能与政策斗，不能跟政府较劲。这就像股市中的"庄家"一样，再有实力也不能跟国家的金融政策"决战"。

【顺应时局，不要逆潮流而动】

你一定要清楚，你的企业身处社会主义初级阶段，是不能照抄照搬西方企业的管理逻辑的。有的时候，也不能完全按照现行的公司法办事，因为中国公司法的产生，是一个多次修改、逐步完善、循序渐进的过程。自1979年开始，国家颁布第一部关于合资企业的法律，到2005年最新公司法出台，经历了26年从无到有的立法过程。所以，你不要一味强调西方企业如何如何，现行公司法规定如何如何。其实，在没有法规或法规不完善的历史条件下，看待中国企业的问题，要有历史唯物主义的眼光，要持尊重历史的态度。例如，中国商人评价资本市场和房地产市场的"历史事件"，不能脱离历史背景，要用历史的、客观的眼光看待过去的经济政策，以及那些政策在特定发展阶段所起到的积极作用。因此，你现在的一切经商活动，必须学会顺应时局，决不能逆历史潮流而动！

然而现实生活中，逆潮流而动的案例屡见不鲜。仰融，这位第一个让社会主义国家的公司股票在纽约证券交易所成功挂牌的人，也曾是300亿资产的"主人"。2002年以来，他陆续经历了资产清查、职务解除、出走美国……直至被辽宁省司法机关通缉。他越洋起诉中华人民共和国辽宁省政府和中国金融教育基金会资产侵权，成为新中国历史上地方政府首次在国外被起诉的案例。而美国华盛顿地区联邦法院于2006年7月认定，该院对仰融的诉讼请求没有管辖权，这意味着该诉讼无法进行。仰融的诉讼失败，关键问题出在其不识时务，忽视了中国资本市场形成的历史过程。辽宁省政府认为，他只是国企聘来的高级管理人员，国家可以收回企业控制权。但仰融自认为是华晨的合法拥有人，认为辽宁省政府侵占了他的私人财产。尽管仰融一再声称自己在资本运作的过程中，从未动用过国家一分一厘，但他不能（或许不肯）解释自己最初的资金来源。事实上许多国企在创业之初，进行工商注册的时候，国家并没有或者没有足够的资本金注入，更多的是给予政策和名誉上的支持。但今天的人们，不能忽视当时的"政策和名誉"是社会主要的"资本力"。如果没有政策和名誉的支持，很难说你能取得现在这样的业绩。而仰融在其资本运作的过程中屡屡"假国家之名"是有目共睹的事实。更为下策的是，仰融以个人的名义越洋起诉中国政府，其采取的"法律"手段，简直就是自杀式的以卵击石。

◎相信法网恢恢，疏而不漏，不信一切皆有可能

商人有了一点小名气以后，最好时不时地问问自己，忘记没忘记自己姓什么。别以为有了一点儿小名气，就会像蛇一样，嘴巴张大到130度，以为什么庞然大物都能吞进去。我奉劝你千万别忘本，无论什么时候都要夹紧尾巴，永远用"平常心去做平凡事"。

牟其中，这个当年以换飞机、放卫星震惊世界的"大陆首富"，自从创造了商界神话之后，便自认"世界上没有做不到的事，只有想不到的事"。从1995年 8 月15日至1996年 8 月21日，他掌控的南德集团，凭借虚构的进口货物合同和交通银行贵阳分行对合同的"见证意见书"，通过湖北轻工在中国银行湖北省分行共计骗开信用证33份，获取总金额7500多万美元，折合人民币6.2亿余元的资金。巨额资金

商诚

除部分用于还债及业务支出外，余款大多用于循环开立信用证，结果造成巨大的经济亏空。假进口，真骗汇，擅长"空手套白狼"的牟其中因为信用证诈骗罪，把自己也套进了监狱。

上述曾经红极一时的商海中人，犯了一个共同的严重错误，那就是没有社会主义意识。记住：中国商人第一不能缺德，第二就是不能缺少社会主义意识。

慎重选择合作伙伴和搭档

俗话说："选好伙伴，成功一半。"商业合作，就像两口子过日子，选择一个好的搭档，就像生活中选择一个好的伴侣，那是美好生活的基础，事业成功的基石。

曾经有人采访比尔·盖茨成功的秘诀。他说："因为有更多的成功人士在为我工作，比如鲍尔默。"鲍尔默2000年1月正式出任微软的CEO。他虽然不懂技术，但是，如果说盖茨是微软的"大脑"，那么鲍尔默就是微软公司赖以起搏的"心脏"。盖茨与对手在法庭上对簿公堂之时，鲍尔默主持了微软的大部分工作，撑起了微软的一片天。当盖茨醉心于计算机软件研发之时，鲍尔默带领微软的营销管理团队，一步一个台阶地走向辉煌，创造了年均利润增长28%的骄人业绩。不难看出，盖茨成为世界首富靠的并不是运气，而是在创业的过程中选择了合适的伙伴。他们在能力和性格上形成互补，并将各自的优势发挥得恰到好处。这样的搭档选择，创业中途不会夭折，创业成功的概率会大大提升。

◎好的搭档，除了彼此之外，没有天敌

国企商人，能遇上一个好领导或好助手，搭乘一个好团队，可谓万幸。而民企商人，选择好伙伴和搭档，可以说，是事业成败

的关键。有个好搭档，你的事业会进步得更快，你统领的企业，可能会一年一个台阶，不断上演佳作。为什么呢？因为你选择了一个好搭档。相反，如果你选择了一个不怎么样的搭档，那么，可能还不如没有这个帮手。当你非常想做成一笔生意，急于用生意的成功来证明自己，或者，因生意不顺，急火攻心，忙乱中可能铸成大错的时候，你的搭档非但不能在关键时刻帮你一把，反倒可能给你火上加一把柴，让你怒火中烧。他不仅没能在风雨中给你撑起一把雨伞，反倒关上房门，斜眼看着你在暴雨中淋透全身。遇上这样一个搭档，该有多晦气。

清代著名商人胡雪岩之所以后来遭遇了生意上的失败，就是因为在选择搭档时不够慎重。谭则云和胡雪岩一起创业，一起担风险，打江山，创财富，纵横商场，是"胡氏集团"的财务总监兼钱庄事业部总经理。谭则云原是安分守己，工作兢兢业业、踏踏实实的人，为胡氏集团立下过汗马功劳。但后来却因为受到丁日昌的诱惑和逼迫，加上对自己待遇不公的抱怨，最终背叛了胡雪岩。他在生意场上拆胡的台，致使胡的经营内幕暴露，被朝廷查封，成了胡氏集团的关键"掘墓人"之一。

现实生活中，这种事情也是层出不穷。名噪一时的央视"标王"爱多VCD后来所爆发的危机，其发难者竟是当年出资2000元与胡志标各占爱多45%股份，但始终没有参与爱多任何经营行为的儿时玩伴兼合作伙伴陈天南。在爱多出现内部矛盾的时候，陈天南不顾大局，一心只想维护自己的利益，最终导致爱多这个品牌的消亡。

◎选择的自由——有所为有所不为

商人都渴望能有和自己一起联手打天下的黄金搭档，而生怕选择的是不能与自己同舟共济，在关键时刻落井下石或与你尖峰对决的搭档。然而，在国企里，没有你说话的份儿，你只能逆来顺受。你的上级领导是谁？上级给你派来的领导或助手人品怎样、水平高低？你无法选择，只能看你的运气了。民企商人在这方面自由度就大多了，他可以选择和放弃，也可以再选择再放弃。但是，一些民企商人，由于选择的自由度大，所以容易犯"天老大，我老二"的毛病。其实民企商人千万别以为自己就站在上帝的旁边，如果你不会尊重人才，人家也会放弃你。如果人才经常像流水一样，在你身边流逝，那么，给你企业带来的麻烦和影响，就可能不仅仅是生意上的了。所以民企商人在搭档的选择，特别是在尊重人才及关系处理上也要有所为有所不为。

◎自主创业更要慎重选择搭档

如果你自己创业，选择什么样的人做你的搭档？是有钱的财神爷，还是充满干劲的年轻人？是经验丰富的老商家，还是有好项目的朋友？是有背景的社会人士，还是一起光屁股长大的"发小"？在没有选择之前，你一定要想清楚，什么是你最需要的东西。

重承诺守信用的人，志相同道相合的人，有一技之长能补己之短的人，有德亦有才的人，可以成为一个好的搭档。只说不做的人，眼高手低的人，只抓芝麻不抱西瓜的人，人前人话、鬼前鬼话的人，千万不要做你的搭档。不管是亲戚还是朋友，一定要请他们走开，决不能讲这个情面。

看来选择搭档和选择终身伴侣差不多。是的，搭档是除老婆以外的亲密战友，一定要慎重慎重再慎重地选择。慎重是对彼此而言，并非只针对单方，不能搞拉郎配，而要双向选择。除此之外，黄金搭档、亲密战友最好要符合下面这些条件：其一，他和你一定是在一起工作过，或者，是在一个战壕里战斗过，磨合期至少一年以上的人，而且，磨合期合作愉快；其二，在你没有负他的前提下，他对你所说的每一句话都能负责任，从来不在你面前说谎；其三，他必须是个敬业精神强，而且能沉下心来踏实干事的人；其四，他有大局意识，考虑更多的是你们之间共同的利益，而这个共同利益高于个人利益；其五，关键时刻他是一个没有回避和背叛，更没有出卖你或者别人的利益来换取自己更多利益的人。当然还有很多其他条件，例如：专业知识与技能、性格爱好、社会关系等等。但最重要的是上述这五点，否则你们之间的合作不会长久。

商人若想立于不败，一定要睁大眼睛，选好搭档，才有可能创建丰功伟绩！

【选择搭档如选妻】

选择项目，方向定位更重要

柳传志在谈创业体会时，曾经提出"三个不能做"：第一，不正确的行业不能做；第二，能挣钱，但投不起钱的不能做；第三，能赚钱又能投得起钱，但没有合适人选的不能做。

决策项目也是如此，方向定位准确是项目成功的开始，方向定位错误是企业破产的前奏。所以说项目成败取决于方向定位。那么，如何定位呢？我推崇一位哲人的"另类、简单、有梦、共赢"八字方针。

◎另类：一半是海水，一半是火焰

选项目首先要尽量避开过度竞争的行业，尽可能想别人没有想到的事，做别人还没做或做不到的事。在精心的市场调查研究之后，冷静分析市场热点和需求，开发出与众不同、别具一格的产品或项目，尽量避免雷同，远离竞争惨烈的行业，这种选择就是"另类"。

另类还意味着差异化战略。众所周知，饮料市场的竞争非常激烈，一在品牌竞争力，二在终端市场认可度。2003年，健力宝集团大胆推出爆果汽，黑色、完全不透明的瓶身，乍一看如同一个手榴弹，另类的设计抓住了年青消费者叛逆、大胆的个性，引爆了当年的饮料市场。

当然，另类并不是要刻意追求无聊的个性，你心中必须时刻装着市场和消费者。忽视了这两者而去追求无聊的另类，可能就是异想天开的孤注一掷，极有可能使你摔得惨不忍睹，并为此招来诸多围观者，因为，人们很少见过这种另类的"大马趴"。

◎简单：避虚就实，不玩高科技同样挣大钱

简单，就是你做的项目技术含量不要太高。准确地说，你必须完全掌握它的核心技术和操作流程，最好是有自己的知识产权，核心技术不受控于他人。否则，你就避虚就实，做好你能掌控的那个部分。比如戴尔电脑，本身并不掌握电脑的核心技术，但它为客户量身定做的一套营销方案，只需一部电话或网络，就能够让客户在家里自主选择产品。至于电脑核心技术、更新换代等技术上的问题，它从来就不用关心，它只做好它控制的那一部分。

温州人很厉害，但是，他们大多不做高科技的东西，只做"简单"的大路货。最初，很多简单的产品利润微薄，甚至让人瞧不起眼儿。然而，当"简单"的产品规模化生产之后，就变得不再简单了。

高精尖技术意味着高投入、高风险，初始的创业者或资本实力不强的企业，根本不适合做。聪明的商人，会选择那些简单易行、容易掌控的项目，投资不多，盈利可能也不多，但是风险也不大。生产纽扣和拉链，这些小物件很不起眼，然而，一旦做出了规模，这种"简单"照样能成为行业的巨无霸。

◎有梦：留有余地，收获幻想

所谓心中有梦，脚下有路。聪明的商人，要让你的合作伙伴，对项目的前景有充分的幻想和期望；让你的员工，对开拓市场有无尽的遐想和努力空间；让你的用户，对拥有你的产品深感物有所值、物超所值。

中国的百度、阿里巴巴、盛大、分众传媒……这些新经济时代的产物，几乎一夜之间名扬天下。李彦宏、马云、陈天桥、江南春，这些新生代的富豪，骤然成为很多年青创业者们心中的偶像。事实上，他们的一夜成名与风险投资紧密相关。为什么风险投资者敢于冒险闯入陌生的领域？关键就在于"有梦"。今天的互联网经济突飞猛进、日新月异，就是因为当初这是一块充满"梦想与希望"的领地。

民间流传着"马云在洗手间用2分钟搞定孙正义8200万美金"的故事。2003年，阿里巴巴首席执行官马云，正在为日后占据中国C2C（个人对个人的交易形式）市场70%份额的淘宝网的面市筹集资金。而日本软银公司总裁孙正义，则刚刚通过日本雅虎成功进军日本的C2C市场，且已从eBay手里拿下日本70%的市场份额，此刻正将目光转向充满希望的中国市场。当时，两人所思考的正是同一个问题，于是开始进行投资谈判。由于意见有分歧，谈判一度陷入僵局。休息时，二人不约而同来到洗手间，马云沉默了一会儿，对孙正义说："我觉得8200万是一个合适的数字，你看怎么样？"孙正义也沉默了一下，很快答应说："好，那就这么定下来吧。"这

是风险投资向中国纯互联网公司单笔投入的最大投资。

◎共赢：一个人赢不是赢，大家共赢才是真正的赢

共赢的本质是交易的各方没有输家，也就是说，单方赚钱的买卖不是成功的买卖，这种生意多数是"砂锅捣蒜一锤子买卖"。成功的买卖应该是对各方都有利，大家都满意。

【共　赢】

做商人千万不能太贪婪，在利益面前不能太自私，要学会让利，让与你合作的人都有钱赚，大家风险共担，利益均沾。只有这样，你的生意才会越做越多，越做越长久，否则你就是沙锅捣蒜——干一个砸一个。以后，再也不会有人与你合作了，你可能就成为商场上的"孤家寡人"。当你需要与人合作的时候，已经没有人再愿意伸出合作之手了。

中国人对共赢的理念有本能的抗拒。多年来，传统思维模式，潜移默化地影响着一代中国商人的价值观；同时，人的两面性中自私的那一面常常蠢蠢欲动，使得私心与共赢之间的绞杀异常激烈。由此可见，共赢的理念在中国扎根，还需要不停地浇水、松土、施肥。如今，我们也常常提到"联手"，但表面风光的联手，常常因为利益分配不均而发生内讧，最终不得不以分家收场。因内讧消耗的成本成了联手项目最大的成本支出，而内讧对人精神的消耗更是无法用数字计量的。相反，那些给合作伙伴留出空间，与用户和竞争者良性互动的企业，都取得了长足的发展。

近年来，中国木地板行业进入快速发展时期，地板厂家可谓是星罗棋布，遍地开花。面对地板市场竞争日益白热化的趋势，相当多的地板厂家面临被淘汰出局的境地。而圣罗娜地板却从以沈阳为基地的小型地板厂，发展成国际地板大鳄。它经营的秘诀就是，倡导"一个人赢不是赢，大家共赢才是赢"的经营理念。在共赢的旗帜下，造就了圣罗娜品牌地板经销商云集的局面。圣罗娜地板生产厂家——创高木业集团总裁宋祥兴认为，企业发展的根本是以企业为中心，让多方受益，达到共赢。

　　今天，在市场分工日益细化的情况下，不管是面对高端、中端还是低端，只要项目定位准确就能受到市场的追捧；定位不准确，难免会遭受市场的冷落。从这个意义上讲，深谙八字方针的内涵，眼睛盯着市场，心中装着消费者，准确把握企业的市场定位，就肯定能给你的企业带来实实在在的真金白银。

　　让我们荡起"另类"的双桨，撑起"简单"的风帆，追逐"梦想"的太阳，划向"共赢"的远方。

控制住项目风险，
就是获取最大的利润

古语云："兵马未动，粮草先行。"引用到商场上，就是
"项目未动，调研先行"。你应该把项目的前期调研，看作是减
少决策失误的"灵丹妙药"。

◎"利之所至，弊亦随之"，成功的一半在开始之前

项目投资的确定远比项目的实施困难得多，投资一个新项目，
不做项目前期的可行性调研，后果是不可想像的。因为，项目需要
投入大量的资金，直接拉长你的资金链条，一旦这些投入不能很快
产生现金流，出现危机也就在所难免，更何况，有的项目可能本身
就是个陷阱。有些企业突然"中风"，很大程度上都与忽视项目的
前期调研、盲目投资有关。上马像"疯子"，下马像"傻子"的案
例屡见不鲜。

近年来，中国企业的两大跨国并购，结果迥然不同。联想并购
IBM PC业务初步成功，TCL对汤姆逊彩电和阿尔卡特手机的并购
则遭遇挫折。

TCL与联想的国际化之路结果不一，其中的原因很多。但在

并购的前期调研方面，TCL的李东生曾这样反思："并购前期的调研和分析非常重要，要对可能发生的风险有足够估计，不要急于求成。对自身能力要有客观评估，不要做自己力所不能及的项目。因此，需要借助有经验的咨询机构，虽然有相应的支出，但能够大大降低风险。"这一反思是针对并购阿尔卡特手机业务时，没有请专业公司做调研而发的感慨。并购前，TCL移动的管理层简单地认为，阿尔卡特手机公司不到1000人，而且没有工厂，只有研发和营销部门，因此就自己设计了收购方案。看似省了几百万欧元咨询费，但并购后仅2004年第四季度就出现了3000万欧元亏损，省了小钱却交了昂贵的学费。柳传志在一次中国企业领袖年会上，这样总结联想并购IBM PC业务"比预期要顺利"的原因："经验教训就是一条，做以前一定要想清楚。"

企业轻视市场调研，只能使企业花了钱办不成事，甚至走上覆灭之路。比如由摩托罗拉组建的铱星公司，在上世纪90年代初，选择了低轨道卫星作为高科技投资项目。由于公司在开发该项目时，轻视了前期的市场调研，对理论的应用研究缺少市场认知度，大大低估了移动电话的发展速度，致使所承担的66颗卫星升空的成本居高不下，在市场竞争中失去优势，最终铱星公司不得不以彻底破产而告终。

由此看来，项目的风险控制很重要，而项目的前期调研尤为重要。因为，一旦进入项目实施阶段，盈利主要靠两样东西：第一是你的管理及营销体系是否健全和完善，第二就是你对此项目的人事安排是否到位。而一旦项目前期调研未做或质量不高，再好的项目实施团队，充其量也就是用精致的彩纸去裱糊一只千疮百孔的破灯笼，对整个项目的最终结果作用不大。

◎风险一定要控制在自己手中

怎么调研？这年头，你既要防"外鬼"，又要看"家贼"。给你介绍项目的人，是"花别人的钱，给别人办事"，他关心的是项目能不能"开始"，不在意日后项目怎么"结束"。同时你派出去考察项目的人，很可能吃足了回扣以后，给你写了一份"可批性报告"而不是"可行性报告"。所以，调研新项目你尽可能要亲力亲为，不要轻易相信别人。主动患上"疑心病"是防范项目风险的"祖传秘方"。从这个意义上讲，企业的风险管理制度绝对不是可有可无的摆设，建立风险控制体系就是建立防火网，驾驭得好，可以将一匹"烈马"变成"良驹"。

以我的观点，有几种方法相对安全可靠。一是若有足够的精力，最好自己做项目的前期调研，亲自动手写调研报告。在你决定进行新项目投资前，应该同时派出三个调研小组收集信息，三个小组针对同一个项目分别提交调研报告。但是三个小组之间，信息不能共享，不能碰头商量，甚至相互之间不能通电话。二是在自己亲自调研的前提下，再委托一至两家咨询公司进行调查。三是在项目具体决策前，你还要请投资专家、法律专家、融资专家来挑剔你的项目，替项目问诊把脉，千方百计地寻找项目的风险点而不是闪光点。当专家们将诸多不可行因素一一列出，你又能针对诸多不可行制定出解决办法，项目的闪光点自然就显现出来啦。运用"排它法"控制住项目的风险，你就赢得了项目的第一步。切记：项目的前期成本低，后期的成本肯定高。若前期成本高，后期成本一定低。然而，前期成本是精力成本，而后期成本则是经济成本啊！

◎眼看手摇，急事缓办

有些项目可能是朋友介绍或熟人牵线，有的项目一说就是十万火急，今天给你介绍情况，明天就恨不得马上签协议，否则这个项目就如何如何，就可能会被别人抢走了，说得煞有介事，引你动心。此时，你千万要有主见，"眼看手摇"，不能被对方的花言巧语所动，特别还要防"托儿"。从我的实践经验来看，这样的项目，大多在玩"8个杯子7个盖"的"魔术"，靠不断变动茶杯盖来保持茶水的温度。所以，对这样的项目，只有一个选择，那就是放弃！永远放弃！无论介绍人是你的主管领导，还是多年的朋友，你都不能有任何留恋和动摇，让别人去"哄抢"吧！

有些项目经过反复考察和调研，甚至已经被董事会批准，你都不要立刻签协议，最好找个能让对方充分理解的理由，先拖一段时间，让自己的头脑冷静一下，换个角度重新审视该项目的可行性，以及各项合同条款的合法性。这样做时间分寸的把握，要以不引起对方误解，不至于签不成合同为准。

同理，对于企业其他特别重大的事项，因为它对企业特别重要，也要在决策后执行前，给自己一点冷静头脑的时间，换个角度审慎思考后再执行。企业重大决策不是要求速度，而是要求准确无

【"决策时拍脑门，表态时拍脑脯，出事时拍屁股"】

误，要确保决策质量。

客观地说，项目风险是不可能百分之百控制住的。迄今为止的各种方式，都很难真正把握住并处置好项目中出现的多种类多层次的风险，所以项目投资也叫风险投资。但是，如果不做项目前期可行性调研或者没有严肃认真的科学态度，不按上述方法去进行项目调研，那你的这种做法本身就是最大的风险。

恰到好处留有余地，
手中永远留张"牌"

战场上，谁能在漫天黄沙中瞄准对方，谁就有了抢先扣动扳机射击对方的机会。谁能在对方消耗殆尽的时候，仍然有"杀手锏"留在背后，谁就能赢得战场上的最后胜利。所以，聪明的指挥员在排兵布阵的时候，总是要留一支最强的部队做预备队，绝不孤注一掷将老本全部压上，提前把手中的兵力用完。常胜将军的手中永远留张"牌"。

商场如战场，商业谈判、项目合作跟打仗一样，千万不能让对方了解你的全部底细，让对手料定你别无选择。因为，每一方在摸清了对方的底细后，都会加大进攻的力度，切中对方要害，直取"大本营"。记得有一个寓言，大意是这样的：从前，猫是森林中最厉害的动物，武功可谓盖世无双，老虎总想取而代之抢占猫的王位，于是，便去拜猫为师。猫很高兴地收下了老虎这个徒弟。猫不知道老虎是为争夺王位而来，每天非常认真地教老虎功夫。聪明的狐狸看出了老虎的计谋，便告诉了猫，猫很生气，但故作镇定，不动声色地继续教老虎。老虎的功夫越来越厉害。终于有一天，老虎制造事端想吃掉猫。猫一下子爬上了树，这一下老虎傻了眼。问猫："你怎么没教我爬树？"猫愤愤地

说："如果我都教你，我就完了！"猫因手中留下了最后一张"牌"，才保住了自己的性命。

◎你应该既是谈判高手，又是"鸡贼"专家

商人无论是商业谈判，还是项目合作，都要运筹帷幄，如同战场上的士兵，假设头上不戴"头盔"，手中没有"盾牌"，那显然是在找死。虽然在谈判中可能取得双赢的结果，但所谓双赢一定是双方较量过后，在各自底线和共同利益之间找到的交叉点，是基于双方都有达成协议的诚意才会出现的结果。任何一方都会力求己方利益的最大化，所谓"天下熙熙，皆为利来，天下攘攘，皆为利往"。所以，谈判也是一场没有硝烟的战争，要想赢得这场战争，必须"鸡贼"一点，当然，你的"鸡贼"不要让人家看出来。

《三国演义》第四十九回中，诸葛亮在南屏山借东风之前，料定周瑜会在事后加害于他，所以事先安排了五虎上将之一的赵子龙在山下接应。果然，周瑜在诸葛亮借来东风之后，说道："此人有夺天地造化之法、鬼神不测之术！若留此人，乃东吴祸根也。及早杀却，免生他日之忧。"遂派丁奉、徐盛二将去取诸葛亮首级。若诸葛亮事先没有留下赵子龙这张"牌"，那么我们也不会看到后来诸葛亮的一系列智烁古今的故事。

◎成败可能只取决于你能否握住最后一张牌

谈判中，你千万不能被对方拉着满街跑，你要争取摸清对方的底线，而不是急于表态甚至摊牌。也就是说，先期不要"投入"太

多，要给自己留有足够的底牌，别在一场真刀真枪的较量以后，就急于将最后的底牌抛出。如果那样，你抛出的就不再是一张牌了，很可能是被人家撕掉的最后一块"遮羞布"，那你可就要"裸奔"了。之后，对方即便愿意与你合作，但在谈判桌上你已不占优势，对方或许根本就瞧不起你了。

所以，很多时候，成败取决于你能否握住最后一张牌。千万不要把自己手里所有的牌全部亮出来，因为牌局随时会中途停止，而对方也随时会出新的牌，不到最后关键时刻，最好不要亮出你手里最有分量的王牌，最后的赢家才是真正的赢家。有时，最后你手里拿的是一张什么牌，其实并无定论，这时一靠你的经验和智慧，二靠你的临阵发挥。

很多时候，你的最后一张牌直到生意做完也没用上，变成了死牌。其实没关系，这可能是最好的结果，双方既达到了双赢，又保全了各自的脸面。

◎恰到好处留有余地

值得回味的恋爱，应当是因距离而产生的思念和牵挂。你要与对方保持一种若即若离又恰到好处的亲密关系，使每次约会都有新鲜的感觉和意外的惊喜。要想让恋爱对象对你持续抱有兴趣，一定要在恋爱期间，让他对你有尚不明白、搞不清楚的部分，保持一点神秘感。同理，商业谈判、项目合作也要给对方充分的想像空间，让对方对你有一点儿幻想。商场上的幻想不能没有，也不能太多，关键是把握好"度"。

相声大师侯宝林先生也说过"恰到好处留有余地",这句话很有道理。恰到好处,是保持与对方的距离,不要咄咄逼人,谈判不是玩儿命。留有余地,是让对方保持对你的兴趣和幻想,而你又没有把牌出尽,不至于被人家赶尽杀绝。

但是,你的"优柔寡断"不能让对方产生太多疑惑,以至于怀疑你的诚意。这就要给自己和对方都要留有余地,即使是咄咄逼人的谈判高手,也要适当给自己和对方留有一定的回旋空间。因为,万一把自己弄得下不了台,这种尴尬会在谈判双方的心理上产生微妙的变化,甚至影响胜负的天平。除非你确信把对方逼到死胡同对自己有利,自己能够完全控制局面,否则一定要给对方留有余地。

最后一张牌的关键作用,还体现在出牌时机的选择上。到底什么时候出,仁者见仁,智者见智。基本原则一是不能乱了心智,胡乱出牌,关键时刻掉链子;二是要提防躲在黑影里的对手或第三方打"闷棍"。但无论如何,你千万不能做聚光灯下的男主角,被人家看得一清二楚。而对方在暗处,你的信息量又不足,不知道人家的底线,那就危险了。到那时,你可能在这场锣鼓喧天、红旗招展的角逐之后,把"小姐"送进洞房,自己却稀里糊涂地当了"陪嫁丫鬟"。

记住:你的手里永远要握着"杀手锏",不要轻易亮出来,要平时看不见,偶尔露峥嵘,才能在商场的厮杀中立于不败之地。

经营企业不怕错过什么"机会"，只怕不会拒绝"诱惑"

企业家要有清醒的理智、敏锐的思维、独立的思考，你的鼻子永远不能被别人牵着走，你的命运要时刻掌握在自己的手中，不要被各种"信息机会"砸晕，更不能被各种"商业诱惑"放倒。

长虹董事长倪润峰曾说："企业好比一个家庭，在财力、物力都有限的情况下，不能同时养活两个或三个孩子。那怎么办呢？必须实行'独生子女政策'，集中肉、蛋、果、奶，把一个孩子养得白胖、健康、聪慧，供他上大学、攻硕士、读博士。"

商海漫漫，机会多多，然而，属于你的机会不过也就那么一两个。言外之意就是，你不要得陇望蜀，不要怕错过什么"机会"，一定要学会拒绝"诱惑"。大千世界，五彩缤纷，除了你能掌控的一两个，其余的空间再精彩，都与你没一点关系。

◎坚守你的"根据地"，不要贪心不足、得陇望蜀

中国有句俗话："男怕入错行，女怕嫁错郎。"意思是说，男人一旦入错了行当，将事倍功半。女人一旦嫁错了郎，可能悔恨终生。

机遇与风险向来都是并存的。人们往往容易看到利益滚滚的一面，却经常忽视背后隐藏的具有毁灭性的一面。作为商人，最重要的是清楚自己企业的产品定位，明确自己企业的发展方向，做自己企业熟悉的、有把握的、能掌控的事。而不要像一个放纵的男人，看见漂亮的女人就怦然心动，恨不得将天下所有的"美丽"一览无遗。商人千万不能耐不住"寂寞"而经常"拈花惹草"，一定要学会坚守。我多次讲过，属于你的商业机会只有那么一两个，紧紧抓住牢牢把握就足够了，不要刻意追求新奇刺激。

多年来，那些懂得坚守的企业，虽然没有弄出跨行业、跨地区、多元化的大动静，却让企业稳步壮大、健康发展。而回头看看当初那些为企业多元化格局激动不已，并付诸行动的人，今天则大多走入了困境，在进退两难中后悔不已。当然，对于真正的机会，应该当仁不让地紧紧把握住。然而，许多机会看起来诱人，掉进去之后才发现是一场噩梦。还有一些机会，只是少数人的"馅饼"，对你而言，因为行业的陌生，而可能成为"陷阱"。在陌生行业中，往往一个不起眼的细微漏洞会突然放大，对准你的"命根子"来个致命一击，让你措手不及，折戟沉沙。

反过来看，在自己熟悉的行业里摸爬滚打，能在很大程度上保证企业健康、稳定、持续发展。不得不承认，反复做一件事情，可能感觉机械而枯燥。但是，如果能够长期坚持下去，最终所带来的成功，却能将你日复一日的郁闷一扫而光。肯德基创建一百多年以来，始终没有脱离与土豆、面粉以及被肢解的小鸡打交道的流程，可那个美国老人和他的后代们却以惊人的毅力，执着于这日复一日简单机械的动作，把这种价值不菲的炸鸡快餐推荐给了全世界的人，从中赚了数不清的钱财，顺便还创造了自己的企业文化。在这漫长的岁月里，他们耐住了寂寞，学会了坚守，把更多赚钱的机会拱手让给了别人，但没忘了一次又一次地提醒人们来吃他们的"鸡翅膀"。肯德基无疑是成功的。

◎商人要耐得住寂寞，轻易不要"红杏出墙"

《激荡三十年》一书列举了在中国改革开放的进程中，涌现出的无数创业英雄，他们凭着自己的机智、勤奋和一点运气，抓住了一些市场机会，很快就发达了。可是，原始积累完成以后，一些人却把自己侥幸的成功，误认为是"放之四海而皆准"。当看到别人在其他行业和领域"轻松"赚得盆满钵溢的时候，就有了柔情似水、佳期如梦的幻想，便再也耐不住"寂寞"，一头扎了下去。往往这些盲目的"红杏出墙"，带给自己的是永远无法承受的切肤之痛，不是掉进地狱，就是摔回平地。

这样的例子数不胜数。一手创立了"谢瑞麟"珠宝王国，专卖店开遍东南亚、香港、内地，在珠宝业内享有崇高地位的谢瑞麟，只读过两年小学，凭自己的努力白手起家，从3000元借款开始，巅峰时身价达到20亿。

然而，当公司的业务范围不断扩展之时，谢瑞麟一心想跨出珠宝业，向利润巨大的房地产业进军。1981年和1982年，谢瑞麟用珠宝生意赚来的资金大笔买入商铺等物业。此时，香港遭遇中英谈判引发的信心风波，地产价格应声下跌，谢瑞麟铩羽而归。"舔血"

之后，他重新投入自己的老本行——珠宝事业，在艰苦经营之下，谢瑞麟珠宝在1987年正式上市。谢瑞麟回顾和总结那次失败时，却并不承认是由于自己盲目投资，而是因为"时不我予"。

1987年公司上市后不久，他又不安于在珠宝业的现状。1990年，他成功夺得裕兴地产公司控制权，并将其作为集团投资地产的旗舰，一下子买入大量的物业，使集团负债比率高达140%，仅年利息的支出就高达7000万港元。负债重压之下，谢瑞麟又在同年6月把裕兴股权连同湾仔地皮，以2亿港元价格卖给了英皇集团主席杨受成。没想到，港英政府与大陆方面就新机场谈判渐趋明朗，在当年7月签订了新机场谅解备忘录，楼价随即上涨，快得有如坐火箭。结果杨受成在该地皮建成英皇集团中心，总值约20亿港元，而谢瑞麟只能眼巴巴地看着这"肥美的烧鸡"落入别人的口里。

话说事不过三。但对于谢瑞麟来说却是十足的"性格决定命运"。1997年6月金融危机前夕，香港楼市接近顶峰时，谢瑞麟又斥资5亿港元，向丽新集团购入尖沙咀宝勒巷的宝利商业大厦，与此同时，他参与的多项股票投资也宣告失利。于是，在1997年和1998年之间，集团的负债升上最高位，金额达13.4亿港元，负债比率升至1992年以来的最高点。

为了减轻集团的财政压力，自1998年开始，集团不断变卖资产减债，其中为数不少的物业都大幅亏本转让。除了变卖资产减债，1998年6月，谢瑞麟还推出"10亿元钻石大倾销"，在两个多月内为集团套取了近3亿港元的资金，但仍然无济于事。最终谢瑞麟因为拖欠苏伊士亚洲控股债务逾5000万元，被对方于2000年入禀申请他破产，其他债权人也相继加入追讨欠债行列。2000年9月25日，谢瑞麟被法院颁令正式破产。当时有人形容谢瑞麟的破产，是最令业界关注，同时又感到唏嘘的重大破产案。历史轮回，假如谢瑞麟继续经营他的珠宝王国？假如他不去涉足房地产？如果他不去陌生的森林探险，可能今天的谢瑞麟还紧握着"珠宝王国"的权杖。

◎如果你能拿下陌生行业的金、银牌，才可以例外

企业要发展，社会要进步，特别是集团企业，规模化的欲望好似巨大章鱼的触角，有着无限的扩张要求。如果你投资饥渴难填，那么，只有在一种情况下可以例外，那就是你有十足的把握，在跨行业和跨地区经营之后，有实力成为新行业或新地区的老大或老二，即确有摘金夺银的把握，你才有资格"探险"。否则，一定要耐住寂寞，严守"妇道"，切不可"红杏出墙"。

【隔行如隔山】

然而，有时澎湃的血性经常冲垮理智的大坝。近年来，企业多元化经营失败的案例很多，举不胜举。太阳神集团从1993年开始，一反常态，"多元化"的格局，彻底改变了企业的一贯战略。一年之内上马的新项目有石油、房地产、化妆品、电脑、边贸、酒店等近20个，让人眼花缭乱目不暇接，决策者们甚至提出了近似大跃进时期"人有多大胆，地有多高产"的豪言壮语。企业用于"多元化"的资金投入，最高时达到3.4亿元，远远超出了企业的承受能力。结果可想而知，所有的投资血本无归，无一幸免。最后，太阳神集团不得不为20个项目集体"下半旗"默哀。

还有人们曾经耳熟能详的飞龙集团也曾在多元化经营方面损失惨重，总裁姜伟后来自省20大失误之一："就是模糊决策、盲目决策，企业过于强调产业多元化，涉足许多不熟悉的领域。"失误之二："就是飞龙集团的资金长时间处于分散状态，资金使用像撒胡椒面，不能够有计划、有规模地集中使用。资金分散造成'资本力'严重浪费，导致资金短缺，链条吃紧"。

现在看来，这些企业家们当初看到的机会就像一片灿烂的、让人心动的罂粟花，当美丽的花开过之后，结出的果实却是致命的。

因此，你要记住：当有了一定的积累，证明你的企业已经过了"青春期"，那你最好做一个不解风情的"男人"，不要做"家中红旗不倒，外面彩旗飘飘"的美梦。

资本决定发言权，
但是你不要轻易外露你的"资本力"

商场如战场，商人每时每刻都要有苦战的准备。但商场上真正的角力，比拼的是内力——资本力，它决定着企业的走势。换句话说，只有站在资本力的基础上，你才能对企业的未来进行展望，无资本力的支撑，恐怕你的事业将是无根之萍，非常不牢靠。

◎资金链就是生命链，企业的生命旅程就是建立在资本力的链条上

企业的日常管理费用支出，可以委托财务总监去管理，你有一个总额控制就足够了。但是，对于"资本力"的调配和指挥，你一定要亲力亲为。商人是资本的统帅，是资本战场上的将军，所以，你必须深知自己的"实力"，也要了解你能影响和控制的资本的状态。比如对现金流、坏账、收益和纳税等情况，要了如指掌，别人不可代劳。特别要注意"现金流"的状况，任何诱惑都不能冒"资金链"崩断的风险。否则，你的企业就会像瘸腿的鸵鸟，飞不起来也跑不动，甚至一头栽倒。

企业可以有暂时性亏损，但是"资金链"不可以有一天的断裂。因为暂时性亏损还有机会挽回，而暂时性"资金链"断裂，却可能在你想办法但还未接上的时候，闻风而动的债权人就蜂拥而至跟你血拼了，甚至引来多家债权人的诉讼，特别是银行债权人的诉讼。一旦这些动静过大，无疑是给你的企业敲响了"丧钟"。

实达电脑在2000年业绩处于顶峰的时候，实现利润7000万元，成为实达集团旗下子公司中贡献最多的盈利大户。但好景不长，这家上市公司在2003年初发布预亏公告，当年年报显示净亏损7078万元，沦落为实达集团旗下亏损最多的子公司；2004年上半年再度亏损2678万元，净资产降为−4615.9万元，已资不抵债，彻底丧失了自我造血机能。此后，实达电脑一直泡在苦水中。与此同时，多家银行和债权人不约而同上门讨债，最终使其"资金链"彻底断裂，多米诺骨牌效应开始显现，实达电脑兵败如山倒，此时，母体实达集团也到了"四面楚歌"的地步。

曾几何时，格林柯尔、德隆等一系列知名企业可谓家大业大，一度光辉耀眼成了企业明星，但是高负债下的资金链断裂导致企业"心肌梗塞"，令业界一片哗然。这个时候，大家才了解了当初"豪门盛宴"所掩盖的"缺柴少米"的真实情况。如今，高负债下的运营，已经成了中国相当部分企业的现状。而资金链的断裂，更是成了资本市场各大"派系"纷纷崩溃的直接原因。中国的部分上市公司则被迫成了这些"派系"洗劫以后的受伤者，而中小投资者也被狠狠地恶搞了一把。

◎资金链的"痛苦"自己承受，获利的"幸福"与大家分享

数字是刁钻的、冰冷的，人们仅从一系列数字就可以推测出一个企业的价值。所以，聪明的商人不要让太多的人知道自己的财务底细。在大多数情况下，对资本力要保持低调。特别是当你的现金流出现"亚健康"时，更不能让太多人知道，因为知道的人越多，你的"资金链"可能断裂得越快，甚至瞬间崩盘。记住，当企业的"资本力透支"，资金链出现问题的时候，你自己清楚就行了。这种痛苦只能自己

同甘不共苦

默默承受，不要到处诉苦哭穷，更要尽量避免被起诉，否则，企业的元气会继续受到重创。还是那句歌词："要创造人类的幸福，全靠我们自己。"

2006年"胡润百富榜"公布的严介和，是当时最为轰动的人物。后来他的企业被卷进多起官司，暴露了他在资金上出现"空心化"。因太平洋建设集团及与严介和有关的4起已判决生效的经济案

件中，尚有总额超过3238万元的欠款未还清，法院启动了执行威慑机制，做出了限制严介和出境等多项强制措施，彻底颠覆了他在外界形成的美好印象。

但是，当你获得一笔巨大财富的时候，你更应该学会把这个消息告诉更多的人，也就是善于给自己开出即将上涨的盘口。这样做不是为了炫耀，而是增强银行以及合作伙伴对你的信心。

准确把握你的资本力，是正确投资决策、量力而行的关键环节。你千万别玩"七伤拳"，拳风虽然凛冽，但对自己的伤害也十分巨大，千万别到了要死要活没人管的时候，才明白资本力是最有用的，才明白资本力是咱的亲爹、亲娘、亲祖宗。所以，商人一定要时刻了解自己的资本力，经常评判一下手里的资本力是否过硬。如果没有过硬的"利器"，你就很难切动市场这块诱人的"蛋糕"。你要做好财务预算，统筹规划资金的调度和使用，时刻注意企业的资产负债率，使之达到合理的比例。一个好企业的负债率不能过高，而且企业的"资本力"不要过多依赖财务杠杆(即贷款、融资)的作用来形成。

切记：商人要亲自掌控企业的资本力和资金链，别人不可代劳，因为它是你的"亲兵卫队"，是企业生命的泉源。

【不要轻易外露你的"资本力"】

要善于总结借鉴别人的成败得失，但国外的案例你可以不理会

不要羡慕别人的成功，更不要鄙夷别人的失败。你应该做的是，学会分析和总结现象背后的本质，找出别人失败或者成功的原因，取其之长，补己之短，做好自己该做的事情。

◎本土案例是中国商人最好的教科书

中国有中国的国情、中国的"特色"，国外大牌公司的传奇故事，离你实在太遥远，你大可以不去管他。所以，一定意义上，现有的MBA对在中国做生意的你而言并没有多少实际意义。少看点儿西方翻译过来的"舶来品"，多看看中国商人写的书，这才是"玄门正宗"。中国商人需要做的就是认真研究中国的具体国情，深入学习别人的优点和做法，吸取别人的教训，唯有如此，才可以做好手头的事情。

以海尔为例。1984年入主青岛市电冰箱厂的张瑞敏，刚一上台，颁布的第一条规定是从禁止随地大小便开始的。后来从一封用户来信中得知生产的冰箱存在质量问题，经检查，发现仓库里还有同样的冰箱76台，于是，当着全厂职工的面，张瑞敏让76台冰箱的

责任人向自己生产的冰箱抢起了大锤，并亲自砸了第一锤。一场
"砸冰箱"事件，不仅使海尔成为了当时注重质量的代名词，同时
也震服了海尔所有的人，从而确立了张瑞敏在海尔绝对的领导地
位。海尔"砸冰箱"由此成为中国企业注重质量的一个最典型的事
例，并因此成为无数大大小小的媒体、书刊、高等院校的"经典案
例"。最重要的是，通过这一事件的传播，海尔注重企业管理、注
重产品质量的形象被极大地树立起来了。20年后，当海尔创造出逾

【国外案例可以不理会】

千亿人民币的年收入、打造国际品牌、在距离全球500强最后一公里处全速冲刺时，对当年砸冰箱之勇，张瑞敏感慨地说："现在你想砸也不可能了，如果再出质量问题，不是这么少一点，当时只有几十台，现在动辄就是几万台。"如今，海尔已经成为了国际品牌，在企业管理、用人和创新等方面都别具一格。但海尔也有过投资过于多元化之痛，进军金融、医药等与电器毫不相干的企业，想做中国的GE，结果在新的领域内建树并不多。

应该说，海尔的案例"很中国"，即便海尔的管理融入了很多国外的先进管理方式，也已被国人所认同，学习借鉴他们的经验教训基本上不会"水土不服"。所以你根本没有必要花费那么多的时间和精力去将国外的经典案例请进来在你这儿做试验。

◎启用有失败教训的执行人是一笔非常"划算"的"买卖"

在企业管理上，除了充分吸收失败的教训之外，更重要的是要善于起用有失败教训，并能总结教训、吸取教训的执行人。这种人有更多的磨砺，也就意味着有更多的经验。切记，我说的是"执行人"而不是"决策者"。失败是成功之母，失败的教训是需要花大价钱来买的，有的时候成本可能是几百万、几千万甚至几个亿。别人已经替你花了钱、交了学费、培训出了干部，你可以"免费"使用有失败教训的管理人员，何乐而不为？而且，他曾经的失败可能使他一直坐在"冷板凳"上，被"封杀"、"冷藏"，而你对他的"启用"很可能让他对你怀有"知遇之恩"，

【大胆启用有过失败经历的执行者】

甚至产生"再生父母"般的感激和报答之情。他可能成为你"无本万利"的最佳选择。

春秋时期,齐襄公死后,公子小白和公子纠争夺王位。管仲跟随公子纠,半路上"箭射小白",其实只是射中了小白的带钩(腰带扣),公子小白咬舌装死,后来先于公子纠到达临淄继位,成为春秋时期的第一霸主齐桓公。管仲得知此消息后,逃亡鲁国。鲁国诸臣建议鲁庄公要么用之，要么杀之，鲁庄公却不留不杀，将管仲押送回齐国发落。最后，公子小白不计一箭之仇重用管仲，管仲感恩图报，为齐桓公成就霸业做出了突出贡献。这一任用并不是简单的宽宏大量不计前嫌，而是公子小白心知肚明，公子纠才是决策者，是受益人，而管仲是各为其主，不过是个"执行人"，执行命令是军人的天职，忠于主人是当下属的职责。但是要原谅决策对手公子纠，可就要慎之又慎了，那可是两回事了。

◎慎用有决策失败经历的人

人们常说："企业家有多大胸怀，企业就有多大发展。"然而，有决策失败经历的人与有执行失败经历的人，是两种不同性质的问题。虽然这个江湖不排斥温情，但温情永远左右不了结果，所以，你要慎用决策的失败者，最好不要重用。启用有过失败教训的人固然可以证明你的胸怀，但是千万注意，企业的问责制度，重点针对那些有过决策失误的人，而不是抓住执行失误人的尾巴不放。如果你非要冒天下之大不韪，任用"决策败将"，以此来显示你的宽宏大量，估计你离死期也不远了。启用"决策败将"千万要慎之又慎，因为，曾经作出过重大决策失误的人，很可能是在智商或情商上有严重缺陷的人，这种缺陷是融化在他的骨髓里的，天性难改，即使是伟人也很难反省和改正自己骨子里的缺陷。如果你启用了他，他也许会感激涕零，努力做事，但只要条件合适，他就很可能不由自主地再次犯错，这可能就是江山易改秉性难移的道理吧。这时候，可就不全是他的错了，你也要承担决策失误的后果。历史

上这样的事情数不胜数。

明朝大将吴三桂"冲冠一怒为红颜"，投降清军，引"狼"入室。这样一个为了女人就会背叛国家的人，肯定会被人们唾弃，决策者应该对他弃之不用或者闲养起来。但是清朝皇帝为了奖励他，将他封为藩王，割据一方，以至后来当清朝皇帝不能满足他不断增长的欲望时，吴三桂再次举兵谋反。后来，康熙皇帝大力削藩，耗费了大量的人力、物力和财力，才将叛乱平息。

人的一生只有几十年，经商生涯更是短暂。一个人投身商海，从一个一无所有的穷光蛋，成长为商业巨贾，要经过千锤百炼，才能锻铸成钢。但是在这个过程中，没有现成的教科书可以指导你如何不犯错误，你永远都无法预测你会遇到什么样的风险和困难，何况一个人的精力毕竟是有限的。因此借鉴别人的成功经验和失败教训，是避免自己犯错误的捷径，用一句时髦的话叫做借用外脑。因此多学习借鉴国内企业成功与失败的案例，大胆启用那些过去有过失败经历的执行者，尽量避开那些失败的决策者，可以起到事半功倍的效果。

商诫 38

国企商人要学会
保护自己，慎重与民企合作

　　江湖险恶方能显示侠客的果敢和柔情。商场亦如此，风险无处不在，却能锻造出真的勇士和豪杰。但是，许多国企商人却壮志未酬身先死，铁窗下悔恨的泪水湿透了衣衫。随着改革开放的不断深入，国企进入转型期，在这个狼烟四起的"乱世"中成长起来的国企商人们，首要的任务不是如何赚钱，而是，必须学会如何自我保护。

　　一段时间以来，有一个名词反复不断地出现——国有资产流失。国有资产真的能像水一样"流失"吗？那么，它流到哪里去了？我想，无非有三个渠道：一是被贪官窃为己有；二是落后的管理体制和机制造成的损失浪费；三就是借国企改制、国有资产转让、担保等各种合法途径，非法流入到民营、外资企业的口袋里。尤其是国企与民企或外资的项目合作，曾发生过将大量"婚前财产"转移，"坑妻灭子、取悦新欢"的闹剧。即，低估国有资产，欺骗国家，坑害职工，满足私欲，趁改制之机捞一把，积累个人财富。有多少国企商人，为这种"婚前财产"的转移付出惨重的代价？有多少国企商人，折腰在与民营、外资企业合作中的杯盘狼藉、烟雾缭绕之中？我认为，在当下国有企业转型期，不能很好约束自己的人，不要去做国企商人。一旦上了国企的

船，你的第一要务不是赚钱，不是"扬帆"，而是"把舵"，是遵纪守法，按程序办事，保护好自己。国企商人的第一追求应该是安全、健康、快乐。

◎国资不是唐僧肉，国企商人手莫伸

曾几何时，有多少国企在与市场接轨当中"卧轨"，有多少国企的勇士跌倒在与民企、外资合作过程的"血泊"中，有多少狱中服刑的国企贪官们，在以泪洗面抒发悔不该当初的感叹。然而，他们直到跌进地狱，才明白自己是国有企业的"保姆"而不是主人，"保姆"试图将主人"赶出家门"的举动是多么的幼稚可笑。即便有个别侥幸成功的逃脱者，如今，躺在"主人"的床上也是夜不能寐，整日提心吊胆、忐忑不安，夜深人静时最怕听到警车的尖叫声，惶惶不可终日。

遗憾的是，从来只闻新人笑，有谁听到旧人哭。多年来，这种合作与流失的闹剧，无论形式还是内容都花样翻新，场景不断变幻，高潮不断迭起。有的国企管理者，在自己即将退出权力舞台之际，利用对企业的实质控制权，将国有资产公开转化为个人财产；有的国企管理者，采用金蝉脱壳的方式，以企业改制为名，把优质的国有资产剥离出来，成立股份公司，由自己直接掌握，而把劣质资产、冗员、债务以及亏损业务等留在母公司；有的则在民企、外资购并国有资产中，低价出售国有资产；也有的利用MBO（管理者收购）的形式，以低于正常价格买下国有资产；还有的在国有资产转让和出售过程中，暗箱操作，低估漏估国有资产，低价转让国有

214

资产。如此种种，花样繁多，致使国有资产大量流入个人腰包。

据初步估计，国有资产转让过程中，采用公开拍卖形式出售国有资产的价格，一般比资产评估机构的评估价格高出10%左右，而

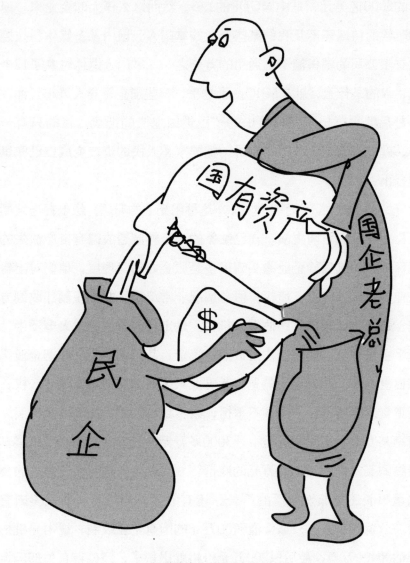

【国有资产流到哪儿去了】

采用私下交易方式出售国有资产的价格，一般比评估价格低30%左右。大名鼎鼎的杰克·韦尔奇在通用电气做了20年的CEO，在他的努力下，通用的销售额从他接手时的300亿美元，提升到他退休时的5000亿美元，是中国GDP的1/3。然而这么伟大的企业家，退休时候的待遇还不及我们某些企业的掌门人。国内某多媒体科技控股有限公司的销售额不到通用的万分之一，掌门人退休时拿了12个亿，靠的是什么，就是MBO。于是乎，一些国企领导人风起云涌，前赴后继，玩出了花样百出的"民进国退"的把戏。目的只有一个，就是打着国企改革的旗号，把国家和人民的资产变成自己兜里的金币。

"富了方丈，穷了庙堂"，这种阳光下的罪恶，像电视连续剧一样，在我们眼前上演。在已结案的国企转制造成国有资产流失的案件中，转制后的企业购买者很多是原企业的管理层，他们对出售企业的资产、资金、债权、债务情况非常清楚，并且在制订改制方案、选择审计和资产评估中介机构、确定转让价格等重大事项中，处于主导地位。他们往往用最少的资金，甚至不出分文就把企业买到自己名下。2003年，黑龙江某乳业集团管理层拟售让国有产权，无形资产忽略不计，债务不承担，以不到1000万元低价自卖自买。河南某发电厂在改制过程中，3000多万元的国有资产缩水了一半，最终购买方仅以1500多万元的底价，一次性付款购买，改制后的公司董事长还是原发电厂的厂长。还有的内外勾结，低估贱卖国有资产。重庆市某区一家价值5000万元的国有企业改制，被中介机构低估为400万元，最后以200万元价格就出售了。经该市有关部门调查，原企业负责人与当地政府两个部门的个别领导及中介机构内外勾结，侵吞国有资产，其个人在改制后的企业中占80%的股份。真相大白，令人发指。

这里，我不得不提一下MBO的问题。其实，对于MBO这种企业改制方式，我一直持积极的态度，因为国企改革的核心是产权制度的改革。中共十五届四中全会明确指出，竞争性领域的国有企业原则上要退出国有序列。MBO就是一条有效的退出渠道，是"国退民进"可行性手段之一。令人遗憾的是，国企在实施MBO的过程中，出现了很多"婚前财产转移"和"坑妻灭子"的问题，所以国资委、财政部叫停了这一产权改革形式。我认为，实行MBO过程中出现的问题，主要是监督、制约和规范问题，只要评估、交易有章可循，公平透明，严格依法操作，就会杜绝"婚前财产转移"式的国有资产流失。我们不能因噎废食，用"非黑即白"的价值观看待它。

俗话说："人为财死，鸟为食亡。"对于发大财的问题，我常常劝告身边的同僚："要么你去做民企，挣大钱，以财富的多寡标志自己事业的成败。做国企，你就认命吧！你一定要学会约束自己，摆正自己的位置，抱着当好'保姆'、照顾好主人的心态经营你的企业。"遗憾的是，许多经历了二十几年精神和物质"饥饿"的国企商人，面对着摆在自己面前的一桌"丰盛酒席"，又有多少人能有此定力呢？

国企商人千万要记住：你是保姆，不是主人。产权处置不是你的职责和权利，如果你不会约束自己，不知道如何按照处置国有资产的操作程序办事，你就尽量避免与民营企业合作，更不要野心勃勃图谋"篡权"，妄图变"国"为"民"，更换旗帜。如果躲不开，回避不了，必须合作的时候，那么，一切报审程序，宁可多10项，都不可以漏半项。该上会的一定上会，该挂牌竞价的就必须挂牌，所有的合作环节尽可能避免和杜绝个人行为。

回避是你最后的坚守。毛泽东主席说过："要想消灭敌人，首先要学会保护自己。"这句话用到这里最恰当不过了。如果你不是企图利用合作捞一把，就更没有必要担这个嫌疑。

◎前车之鉴，慎选民企

改革开放的二十多年，是国有资产流失最严重的二十多年，也是涌现贪官最多的二十多年，同时也是民营经济发展最快的二十多年。虽然不能因此说民营经济的基石是国有资产流失浇筑而成，但是，至少可以说有些民企的发展与国有资产流失密切相关。

有粗略的统计数字显示，上个世纪80年代，国有资产每年流失500亿，进入90年代，每年至少流失800～1000亿。说国有资产的流失是全方位、多渠道，并不是危言耸听。

经济学中强调资源的稀缺性。民营企业看中国有企业什么了？不是冗员、冗官，而是资源，因为资源是不可再生的生产力。中国目前的大环境，让为数众多的国企、民企坚定地选择了"先抢资源、后抓管理"。原始积累过后的民营企业家们，学会了用实际行动表达主张——抢夺资源、整合为王。加上一些国有企业盲目不规范地进行"瘦身"，实际上是有意无意地策应了民企的兼并与收购。简单得让人痛心。也让人想起了一句歌词，稍加改动，民企就可以这么唱了：把所有的悲伤留给你，把快乐让我带走。

切记：国企商人一旦上了国企这条船，首要任务是"把舵"而不是"扬帆"。面对企业重大经营活动，该表明态度的时候要不惜笔墨，文字批示要详细、清楚，不要怕赘述，并将你批示的文件重复存档。国企商人每天工作的重要内容是自我审计，时时调整自己的行为方向。如果你能在走过的路口和转弯处，都插上警示后来者的醒目路标，那就更加功德无量了。

◎民企商人怎么办

讲到这里有人要问：我们是民营企业，民企商人怎么办？道理很简单——皮之不存，毛将焉附？你不是一跟国企接触就有感觉吗？继续！想方设法与国企合作就是了！特别是国企的改革改制，只要削尖了脑袋能钻进去，就成功了一半。有些民营企业还保留着国企或名义或参股的成分，建议你保留这个牌子，虽然，如今民企成长的空间已经越来越广阔，但是，民企的发展只要沾上国企改制的边儿，就会得到不菲的优惠政策。

但是我劝你，在参与国企改制和进入垄断行业的过程当中，必须评估风险。具体来说，一是体制风险和政策风险；二是企业文化风险。如果你对体制的弊端、政策的风险不能掌控，两种企业文化又不能很好地融合，你的风险可就大了。千万不要将国企改制当成"保险箱"。在你不能掌控风险的情况下，资金盲目介入国企改制，照样会让你"欲哭无泪、欲罢不能"，真正体会一下拿着金币

打水漂的"快感"。

　　说句老实话，国企的生存环境的确十分恶劣，国企商人承受着体制和机制的各种压力，他们迫切希望国企改革改制，引进项目、资金和管理，这种企盼和渴望异常的强烈。然而，物极必反，凡事皆需有个度，你不能想怎样就怎样，更不能剑走偏锋或搞歪门邪道。对国企商人来说就是约束好自己，这是一个人人都应该明白的朴素道理。对民企商人来说就是想方设法参与国企改革改制，削尖了脑袋钻营与国企的合作。说了半天，我是送给了商人们一把"双刃剑"，如何拿捏，就要看你"戒淫欲、不杀生"的修炼程度了。

你要学会税务筹划、
合理节税，绝不能偷税漏税

商人要记住：千万不要偷税漏税，皇粮国税的高压线是万万碰不得的。说白了，偷税漏税就是虎口拔牙，把政府的钱往自己兜里揣，那就是与政府为敌，政府绝饶不了你。所以在这方面千万不要存有任何侥幸心理，也别对此抱有碰运气的心理。精明的做法应该是对税务进行认真筹划，筹划的原则：一不犯法，二不犯傻。

◎精研政策，为我所用；曲线救国，合理节税

偷税漏税是违法犯罪，聪明的商人绝不能在这上面打主意。但你可以进行税务筹划，学会用好政策、用足政策、合理节税。有如下方法可以借鉴：第一，利用地区税率差。有一些开发区、科技园区所得税率为优惠税率，你可以将公司注册在那里。第二，国家重点扶持的公共基础设施项目、符合条件的环境保护项目、节能节水项目等，可以免征、减征所得税。第三，投资注册新企业，因为投入较大，前期经营可能会发生亏损。你可以先将其注册成分公司，以抵减企业应纳税所得额，从而减少纳税额。利用政策合理节税，措施和办法还有很多，需要认真精研，方能准确运用。

以前，合法的关联交易被企业广泛使用，即关联企业为获取更多的共同利润，以高于或低于市场正常的交易价格，进行产品或非产品的转让，以求在合法的范围内，最大程度地节税。目前，新税

【绝不能偷税漏税】

法对关联方产品转让定价作了明确的规定。但是，中国地域广阔，经济发展极不平衡，不同企业同一产品的成本、销售渠道差异较大，在买方市场的情况下，适度的关联交易理应有合理的解释。

至于个人收入所得税，就看你如何做工资表了。例如：交通补助、书报费、通讯费等等，能实报实销走办公费的项目，就不要列到工资表里。民营企业则普遍将能进入成本的所有费用打进成本。

◎用政策才是"大智慧"，钻空子只是"小聪明"

你可以充分利用政策去免税减税，而不是钻政策空子去偷税漏税。在税务上的一切运作，都必须规范，有据可依。切记：千万不要用弄虚作假的方式开发票，做假工资表。营业税该交多少就交多少，增值税更别动脑子。所得税全部避掉，那是不可能的。财政部1999年曾做过一项调查，国有企业中偷税漏税的达50％以上，乡镇企业达60％以上，个体企业达80％以上，很多企业的原始积累就是靠偷税漏税取得的。随着法律法规的完善，监管力度的加大，你总想在纳税问题上搞点歪门邪道，无疑是一场生死未卜的赌博，"擦枪走火"应属必然。

2006年入围"胡润内地百富榜"、"福布斯中国大陆百富榜"的广东佛山顺德金冠涂料集团董事局主席周伟彬，因拖欠增值税647.13万元被刑事拘留，舆论一片哗然。就在三年前，他还曾因偷税3000万元被刑拘过，是交了200万元保证金后被取保候审的。周伟彬税案说明，你偷税漏税，不尽社会责任和义务，就是不善待自己的事业。当支持你的政府、信任你的百姓、宣传你的媒体突然了解了你的偷税实情，那是什么心情？还上百富榜，你也配？"板砖"不拍你拍谁？

潘石屹领导下的SOHO中国，在媒体上一直有比较好的公信力。2006年，公司连续第二年入选中国纳税500强企业排行榜。老潘在发表感言时说："自从我们公司成立以来，我们一直坚持不做一分钱的假账，不少缴一分钱税金。这不仅是对公司财务人员的基本要求，也是对全公司每个成员的基本要求。多年来的实践证明，守法经营、照章纳税，是公司健康发展的基础和安全保证，也是一个公司最重要的美德。没有诚实守信这条基本准则，公司所做的一切都是空中楼阁，经不起时间和市场的考验。失信于客户，失信于社会的企业，是不会得到长远发展的。"对老潘企业的纳税情况不敢妄加评论，至少这席话说得滴水不漏。

企业的规模有大小之别，你的企业可以不当纳税大户，但要争当纳税模范户。千万不要因为有偷漏税嫌疑，被监管部门列为重点监控单位，那你就死定了，就连合理节税都很难做了。

如何节税不能讲得太清楚，要靠你对国家税收政策的了解和把握，也要靠你的理解和悟性，但根本的一条你要记住，只知道挣钱往裤腰里揣，不尽社会责任和义务，就是不善待自己的事业，只有死路一条。

国企商人不要建楼、堂、馆、所；
民企商人少些非经营性投资

俗语讲："官不修衙门，客不修店"，其中道理，尽人皆知。铁打的衙门，流水的官；天下客四海家，哪家店也非长居之所，岂有修缮之理？

历史的经验告诉我们，往往建办公楼的"傻瓜"，十有八九不是享用办公楼的人，并且大多为建办公楼跑规划、找资金、发包项目而遭到非议。有的多年以后，还不断受到举报信和审计调查的困扰，甚至为此付出结束职业生涯和锒铛入狱的代价。卸任后，当你透过车窗，遥望你的后任安然享用着你亲手筹划建造，并曾为此魂牵梦绕、呕心沥血的办公楼时，你的心情如何？是不是有点"牛打江山马做殿"的酸楚？如果你是为此入狱、刑满释放后路过这里，是不是更有悔不当初的遗憾和感慨？

◎**古代：流官食俸禄，君命不敢违；**

　今天：衙门越来越堂皇，"天安门"搬到了乡政府

中国的皇权政治纵有千万个"局限"，但有一点，恐怕没有人能说一个"不"字，那就是关于衙门建造上的严格规定。如果没有获得皇上的御准，任何地方官员，都不得私自修建衙门。这是因为过去官员实行流官制度，在一个地方干上几年，就要流动，类似现在的干部轮岗。官员为了离任时获得一把"万民伞"，都会打勤政爱民这张牌，大多不愿意在自己任职期间，因修官衙而搞得民怨沸腾。当然，皇帝老儿再蠢也还明白，各地衙门是不可以放手给地方官从老百姓那里敛财去建造的。过去的客栈也很简陋，能睡就行，商旅们多是抱着"好店不过一宿"的想法，即便是发现床腿断了一条，也不会修理它。当官的就相当于一个四处游走的旅客，官不修衙，就像客人不用修建旅店一样，道理就这么简单。

时至今日，历史的常理往往被现代人颠覆或翻出新意。在一些官员心目中，总认为"为官一任造福一方就得有所建树"，而建"豪华衙门"才是永远抹不去的"建树"。正是在这个潜规则误导下，一些官员千方百计打起建楼、堂、馆、所的主意。手头无资金的就不惜通过动用财政款项或扶贫资金，乃至不惜拉着脸向企业摊派；审批难过关的就绞尽脑汁搞所谓"变通"。不管是为捞政绩、亮面子，还是为了捞票子、保位子，总之，衙要建，店要修，而且还要修得恢弘、建得豪华。哪怕是坐乡看镇的科级干部，也会把修建衙门，当成了不起的"政绩"来抓。有的地方擅自提高建设标准、扩大建筑面积；有的地方盲目攀比，贪大求洋；有的地方不惜贷款、举债甚至挪用扶贫专项资金修建楼堂馆所。在中国不少城市和乡镇，最"气派"的建筑，往往是党政机关的办公大楼，有的气派似宫殿，有的漂亮如公园，有的装修赶超五星级标准。特别是在一些贫困地区，豪华办公楼更与当地经济发展形成强烈反差……

2002年初，央视《焦点访谈》曾经披露，河南省夏邑县曹集乡的乡政府，历时3年多把办公楼修成了一个小天安门城楼，大楼占地14亩多，建筑面积3700多平方米，投资250多万元。另外，还建了一个别致气派的广场，花去了200多万元，而当地群众却并不富裕，教师已经有好几个月没开工资了。还有一个最有意思的镜头，当乡领导知道记者要曝光时，还拿了几万元钱到招待所行贿。另据最近

【往往建办公楼的"傻瓜"，十有八九不是享用办公楼的人】

报道，仅有10名工作人员的山西省忻州煤矿安监局，却有四五十间带卫生间的超大面积办公室，还有36套超大面积住房，房间面积最小的140平方米，最大的180平方米。另外，网上曾经曝光的"白宫"，河南省郑州市惠济区政府办公新址上，6幢崭新的办公大楼、一个巨大的半球形会议中心气势恢弘，数百亩绿地、园林、假山、喷泉环绕其中。再有，河南濮阳———一个人均财政收入仅200余元、尚有数十万人未解决温饱问题的财政穷县，县领导却带头修建"豪华衙门"，以致县内建办公楼攀比成风，连当地纪委也卷入违规建设办公楼的"大合唱"。2002年9月，在没有按规定程序报批的情况下，濮阳县开工建设县委县政府综合办公暨公务员培训楼。该项目设计建筑面积1.5万平方米，预计总投资975万元。2004年6月工程竣工后，不仅面积增加到近2万平方米，工程总造价也达3200多万元。个别官员的如此行为令人发指。

那么回头再看看，那些曾经为建办公楼而四处奔波的"傻瓜"，现在有几个在办公楼内？有几个没有遭到审计调查？有几个没有为此而付出结束职业生涯的代价？又有几个人没有锒铛入狱而逍遥法外呢？

◎国企商人：别自寻烦恼；
　民企商人：别死要面子活受罪

国企商人虽然不是官员却类似官员，属于亦官亦商。然而，人家官员坐堂时还有顶"帽子"，有时还能找到一点"领袖"的感觉。而国企商人是什么？是国有资产的看护人！看护人是什么？是"保姆"

哇！有时国企的"保姆"远不如客，更不如官。你想一想，若是你家的保姆不去看孩子、做饭，而是上房揭瓦，把你家的老房子拆了……你能不管吗？

摆正位置、弄清身份了的你，还去修衙门？还去修店？还想冒着被查处的危险去建办公楼吗？让我说，这么劝你还执迷不悟，纯粹是几顿饱饭把你撑糊涂了。如果真是钱多的没地方花，我劝你不如多给职工发点工资和奖金，既能免去许多麻烦和烦恼，职工还可能念你个好！

从另一个角度讲，国企商人是有限的权利，无限的责任。所以，你要慎重对待自己的权利，不要为虚无缥缈的"面子工程"所诱惑。办公地点不要那么高档，能办公就行。作为国企，如果职工的薪水没有提高，企业效益也不怎么样，漂亮的广告牌后面是空寂的荒野，那你就该为下台做准备了。

民企商人也要尽可能避免投资非经营性项目，不要搞消费性设施和"死要面子活受罪"的形象工程。赚几个钱不容易，不要赚了几个小钱，就断定自己的豪门盛世从此开始了。你应该尽量做一些经营性投资，比如建厂房，买设备，扩大再生产。

无论国企还是民企，如果是必须的福利性投资，最好与房地产开发投资相结合，建成后既能留下使用，又可以随时销售变现。换句话说，企业要时刻保持资产的流动性，企业的所有资产要随时能够高于净资产价格变现。因为最好的公司应该是"现金性"的公司，它所有的资产除了现金以外，就是能及时变现的股权或不动产。无论是国企还是民企，如果非要建办公楼的话，就必须具备上述条件。否则，你就不是一个好的掌门人。

　　前几年，很多企业（包括一些民营企业）张口闭口要建花园式企业。一些开发区里，一个企业占地相当于普通建成企业的四五倍。偌大的厂区内，亭台轩榭，小桥流水，花木扶疏，环境怡人，有的甚至还在工业项目用地范围内建成套住宅、专家楼、宾馆、招待所和培训中心等非生产性配套设施，当上级来"视察"、慕名者来"取经"过后，留下一栋栋空荡荡的客房，门可罗雀，同时，还得不断投入巨资来维持原有的气派，实在是劳民伤财。以建培训中心为例，有统计资料披露：目前全国尚未进入商业酒店序列的各级党政机关、大型国企的培训中心至少超过 1 万家，其中85%以上处于亏损和临亏损状态，在一些经济不发达地区，培训中心的亏损率甚至超过90%。有些培训中心，不但将经营性收入纳入上级的"小金库"，违规发放干部职工的奖金、福利，甚至支付一些个人开支，使培训中心成为一些单位负责人吃喝玩乐的逍遥地。近些年来，曝光的大量腐败案件中，大多是以培训中心这种场所为载体的。个别单位的领导甚至把搞基建当成权力寻租的良机。

　　因此，对于商人而言，不要总寻思着建什么楼堂馆所，往往你是建得起养不起，八成还会把你引向违规违纪的歧途。况且，企业好坏的标志是现金流，是利润率，而不是楼、堂、馆、所。千万记住：你是商人，商人就要讲究效益最大化、利润最大化、成本最小化。砍掉那些不必要的固定投资，把你的资本力用在刀刃上，努力让你的公司所有资产流动起来，才是你应该、也是必须搞的"面子工程"。

跋

花了两天时间，饶有兴致地读完了周济谱先生的《商诚》。还在国内的时候，周公和我见面，虚心表示希望我能帮助看一下他的新作并作跋。可笑我大言不惭，竟然满口答应了。

然而，一进入书中内容，我便被深深吸引进去了。这是一个历经中国改革开放全过程的企业经营者商海沉浮、落落起起几十年的肺腑之言啊！虽然，我自己也经常向别人吹嘘，我经历了中国改革开放的过程。然而，与周公相比，我不仅时间太短，而且游得太浅——我主要从二手资料了解改革开放；而周公是以一个知名企业决策者的身份，从金融、证券、房地产到建筑业，历经沉浮至今。这样的感受，又岂是我这样一个年轻一辈的社会科学研究人员能够企及的？！可以说，一打开周公的书稿，就如同孙悟空被吸进镇元子的"袖里乾坤"——我完全被周公的文字"吸"进去了。看到书中风趣幽默的文字，令人忍俊不禁、抚掌大笑；而书中提到的严肃深刻的话题，又让我不觉扼腕叹息。近两年来，除了由我负责的，还没有哪本书能够如此令我一气读完的。这也说明了周公此书的内容，确实具有很强的可读性，值得推荐给各位读者。

商人的本质在于通过社会分工和管理
实现劳动对社会的奉献

按照周公的设想，这本书是写给现在的商人和希望

成为商人的读者们看的。我在这里就想和大家探讨一下商人的含义及其属性。商人是什么？按照马克思的解释，商人是专门从事商品买卖的人。狭义的商人是专职从事商品流通的人；而广义的商人则泛指从事各类生产经营活动的个体单位和企业经营者。

从上面的定义可以看出，商人是作为市场经济下商品和服务供给主体——企业的经营者和掌舵人而存在的。从这个意义上说，商人是当今我国市场经济中的主导者，成功的大商人甚至已经成为当今市场经济波涛中的"大鳄"。他们每日聚焦于媒体和公众的视野，每一个举动都会在经济社会中掀起巨浪。由此，身处"大鳄"的商人也通常忘记了自己在社会分工中的角色，飘然不知自己到底是何方神圣。只是在企业经营失败，或者由于各种原因银铛入狱之后，才明白原来经历的一切，不过是"南柯一梦"，而自己不过是芸芸众生中普通一员而已。

所以，商人的本质是一个"人"，这是作为商人本人以及大多的局外人，必须时刻清醒认识到的。既然是人，商人就必须遵循人应该有的伦理道德，争取做一个有益于社会的分子。从财富创造的来源看，"劳动是财富之父，土地是财富之母"，这是亘古不变的铁律。商人要成为一个有益于社会的人，就一定要通过自己的劳动，完成自己对社会的奉献。说到商人的劳动，那肯定不是直接的体力劳动，而是对于企业生产要素的组织、协调和管理；是通过承担风险和创新活动，通过提供价格低于自给经济成本的商品和服务，来完成商人和企业对社会的奉献。

说到奉献，不少中国商人一定会哑然失笑。因为他们崇信的是亚当·斯密的"看不见的手"原理。这个原理认为企业和个人对自利的追逐促进了社会福利的最大化。然而在现实中，由于道德约束的弱化，"自利"通常被"自私"所取代，以不违法或者违法不受惩罚为边界，商人们开展了对利润最大化的疯狂追逐。由此，谁的财富越多，谁就越成功，财富成了社会对商人的主要判别标准——这也使商人虽然拥有财富，但越来越脱离社会认可，甚至是被公众鄙弃的一族。究其原因，就是商人们及其主导的企业，在市场竞争中只顾争夺利润，而丧失了人所必备的社会奉献功能。

实际上，企业的市场空间的大小，主要取决于其提供的专业化产品和服务的价格，相比于自给经济和政府经济的成本节约的部分。这属于企业对于社会的奉献，也是企业生存的空间和存在的意义。只有遵循了这个原则，企业才有可能在市场竞争当中立于不败之地。通常我们所说的价格竞争，其实不如说是"奉献"的竞争，就是看哪家企业提供给公众或政府更多的"剩余"。提供多的，一定是市场竞争的成功者；而过于追逐利润的企业，由于在"奉献"社会上的不足，必然面临竞争失败的局面，企业的发展也就无法保证了。这个道理十分简单，如果你的企业提供的产品价格比消费者的自主经济的成本还要高，消费者可能会选择退出市场交易，而以"自制"方式取代价格偏高的专业化方式。从这个意义上说，企业追求利润的竞争，不如说是追求社会奉献的竞争。从长远来看，那种"百年企业"，通常并不是唯利是图的企业，而是拥有"奉献高于一切"崇高使命和价值观念的企业。

掌握了这个道理，我们可以修补商人及其企业受"看不见的手"支配形成盲目追逐短期利润的模式，从而通过企业成功的经营活动推动社会进步。

什么样的商人、富豪称得上是企业家

当然，现实中比比皆是的是相反的例子。由于我们对市场经济的弊病认识不足，把本应由居民自主生产的经济活动都交给企业和市场了，由此给商人和企业提供了一些不合理的盈利渠道。我们看到，不少民营企业富豪在企业创新和经营管理上并没有什么过人之处，凭借资本的权利，以"企业家报酬"名义，拿走了本该属于全体劳动者的大部分社会财富，这种极端自私、靠掠夺为主的商人，能称得上是社会财富的创造者和社会进步的推动者吗？答案是显而易见的。

紧接着一个需要澄清的问题是，成功地获得财富的富人，是不是等同于企业家呢？答案是否定的！在我看来，企业家是指那些具有冒险和创新精神，并推动社会进步的企业经营管理者。根据我的观察，当今我国富豪排行榜上的"企业家"们，很少有人有资格戴上"企业家"的桂冠，他们大多是利用了我国转轨时期的政策漏洞获得巨富。这些大多数根本缺乏企业家才能的人，抓着企业经营大权不放，一方面是要获取"企业家"的头衔和荣誉，另一方面是出于作为其核心能力的腐败资源外泄和腐败证据为司法部门掌握的担心。可笑的是，在一些富豪云集的峰会上，富豪们动辄将自己归为"智者"，而不自觉地将广大人民群众视为"愚者"。他们崇信"劳心者治人，劳力者治于人"，认为"资源整合"是创造社会财富的主要手段。但翻开他们资源整合的内幕，看看他们整合了什么呢？很多是腐败官员资源和黑势力等见不得人的资源而已。利用这些腐败资源，他们强买强拆农民和城市居民的土地房屋，通过摧残人身和压低、拖欠工人工资获取黑心利益，肆意向江河或农村村庄排放工业污染，生产大量在其他国家根本就不允许上市的潜在有害产品。从俯拾皆是的活生生案例中，我实在看不出这些集资本所有者和经营者于一身的富豪们从哪个方面推动了社会进步，他们有什么资格妄称自己是社会财富的创造者？这让人想起我国解放初期，当那些"人上人"被平常他们蔑视为"土包子"的苦难百姓专政的时候，历史倒是被向前推动了一大步。

即使是称得上企业家的社会精英人才，他们的贡献也主要在于通过组织协调生产经营活动，降低生产经营成本或提高生产效率；而脱离了广大人民群众的物质生产劳动，企业家才能将成为无源之水、无米之炊。所以企业家说到底起到的是一个"锦上添花"的作用。请注意，由于企业家才能的作用而带来的成本节约或效率提高的部分，是企业家创造的价值所在；而企业家为社会创造的财富，取决于这部分价值创造与企业家报酬之间的差额。也就是说，如果企业家本人拿走了超过这部分价值的收入，那么他们也就不能再称之为能够创造社会财富、推动社会进步的企业家了，他们将成为企业的负担和社会的危害因素。

对当前国有企业领导人的一点建议

当前，相当多的国有企业领导人普遍存在着一种失落甚至不满的情结，主要是认为自己权力太小，责任过大，收入偏低，这主要是对照民营企业主的结果。

相对于国有企业领导人，绝大多数民营企业主的能力并不高，社会贡献也不大，但他们的个人财富却是国有企业领导人远不能望其项背的。近年国家税务局要求

年收入超过12万元的人申报个人所得税，全国只申报了100万人。除了明星艺人等高收入者外，基本上为工薪阶层，当然包括国有企业领导人这些高薪阶层；而那些位于财富排行榜前列的私人富豪却很少申报。是他们的收入偏低吗？显然不是！是因为他们的所有消费支出，包括家庭成员的大部分支出，都通过企业办公费、招待费、差旅费等形式冲销了，因而他们根本不需要开支工资。这个问题同样困扰包括欧美国家在内的税收部门。怎样区分私营企业主在职消费和私人消费，是摆在税务部门眼前的一个重要课题。

尽管国企领导人有这样或那样的不满，但他们的高薪一直是公众诟病的问题。记得在今年4月份搜狐财经举办的经济学家联谊会上，我和清华大学的秦晖教授谈到要把国有控股上市银行高管人员的工资降低到公务员水平时，引起一旁某银行总行一高管的强烈反对。他说按照你们的安排，谁还愿意干这个职务。我当即回答他，有的是人愿意干，而且能力、职操甚至可以远远高于现有在位人员。比如，我本人就愿意拿公务员的工资去接替他们。

一直以来，国有企业领导人总是拿自己和同等规模的民营企业主的收入相对照，很少或几乎没有和国营企业一线员工的薪酬待遇水平相对照。莫非这些老总的工作就一定比一线员工的工作高级、高贵吗？而且现有职工当中就挑不出可以胜任现职老总的人员吗？我看不见得。这样看，国有企业领导人既享受公务员的干部级别和铁饭碗，又享受远比公务员高得多的薪酬和在职消费，还有谁能得到如此高的投入产出比呢？诚然，仕途上也许不如现任官员更加"正道"，但高额、合法的经济回报，难道还不足以抚慰委屈的心灵吗？

至于和民营企业主的比较，我看还是不比为好：究竟是比较物化在谁身上的财富符号呢？还是比谁最先锒铛入狱呢？一般而言，国有企业领导人的职务风险，多与他们的满足心态和对贪欲的控制能力有关；而民营企业主的职业风险因素则要广泛得多，从而落得不好结局的概率更高。

本书作者周济谱先生给我们的国有企业领导人，提供了一个极好的示范。从金融、证券领域回到建筑施工领域，周公经历了"上天"与"落地"的所有感觉。当年与其一道创业的冯仑、潘石屹，如今都已经成为身价亿万的富豪，致力于企业上市的潘石屹，甚至有望通过上市摘取"中国首富"的桂冠。但这些并没有对他形成任何刺激，他以一颗平常心看待财富问题，使本书具备了对国企领导人抚慰心灵的功效。

让我们一起学习本书中提到的正确对待财富的一些观点："死于巨富是一种耻辱"，"国企商人的第一追求不是赚钱，而是安全、健康、快乐"。这种淡然处之的心态，确实是根治国企领导人心态失衡的一剂良药。

此为跋。

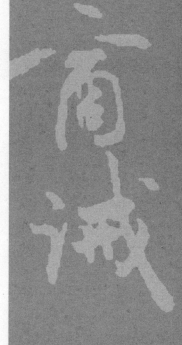

曹建海
2007年6月4日
于美国密苏里圣路易丝大学

跋者为中国社会科学院国际投资研究中心研究员、学术委员会副主任，中国社会科学院工业经济研究所投资与市场研究室主任，经济学博士。

后记

寥寥几语商诫，饱含万分感慨。本书写到这里不是故意凑数，阴差阳错碰巧正是40诫语，虽然觉得意犹未尽还有许多心里话要讲，然而，天下没有不散的筵席，再好的交响乐总要有个休止符。本书若能起到抛砖引玉或一石激起千层浪的作用，无论招来的是骂声、嘘声还是赞扬声，只要能引起业界的争论和关注，作者就无比欣慰了。

早在多年前，便有将从商感悟汇集整理的想法，但思考越多，现实与内心的冲突就越激烈，思绪游离之间，几次提笔，都未能遂愿。直到2006年开始酝酿，从真正动笔到成书经历了一年多的时间。在这一年里，竟然常常在深夜被灵感叫醒，在喧嚣的白天居然也能沉浸于冥思中，真到了"不务正业"的程度。

我们这些经历了上山下乡的一代人，在当时的大环境下，错过了夯筑知识基础的黄金时间。尽管凭着韧性和努力"混迹"商界多年，在打理企业的过程中也确实注意积累了一些东西。但小经风浪并不代表已深谙"遨游商海"的要领，真正拉开架势，"挥毫泼墨"，才知"书到用时方恨少"的苦处。书中不少观点尽管可能会赢得些许赞赏，但多缺乏深刻的剖析，案例支撑也显薄弱和苍白，甚至有些数据的引证或找不到出处或时过境迁而不甚了了。所有这些，都是不能仅用一句"还望海涵"的客套话就能打发的。

著名史学家范文澜先生说过："板凳要坐十年冷，

文章不写半句空。"写这本书也是本着宁讲错话，不讲虚话的态度。全书结构并不严谨，章节之间相对独立。但本书要的恰恰就是这种攒在一起"乱炖"的效果，乱而不冗赘，独立而紧扣主题——商诚。但也难免议题分散，观点论证简单。既然不是"儒商大家"，便不可奢望理论多高、见地多深。以多年切身感悟汇集而成的涓滴诚语，若能为诸君的从商论战提供几许帮助，便已欣慰至极。不知诸君在看完这一番感慨之后，有何感言？

另外，借此机会，还要由衷地感谢方晴、郑学东、刘灯、刘恩伟等同志，他们为书稿整理付出了辛勤劳动，牺牲了很多休息时间。是他们的不辞劳苦，激励着我最终完成了《商诚》的写作工作。

以此为后记，贻笑于大方之家。

周济谱

2007年7月于北京

239